SHODENSHA
SHINSHO

ヴィジュアル増補版　幕末　維新の暗号

倒幕の南朝革命
明治天皇すり替え

加治将一

祥伝社新書

目次

本書は『ビジュアル版　幕末　維新の暗号』(二〇二一年刊)を
大幅に加筆・修正し、新書版として再編集したものです。

カバーデザイン／盛川和洋
本文デザイン／中野岳人

1 明治天皇すり替えの座標軸

私の名は加治将一《かじまさかず》。

これから語ることは恐るべきことだ。簡単な解説書はこれで最後だと思うので、言葉を慎重に選んで述べる。

国家の根幹にかかわることであって、だからこそ一つ間違えば、奈落《ならく》の底に真《ま》っ逆《さか》さまという事態を招く危険性がドッサリあり、政治家、学者、財界人……誰もが恐ろしくて口にしなかった疑問である。

しかし思ったことを口にできなくて、何の人生なのか？　間違っていることを間違っていると言えなければ、後悔が降り積もる。

私は心が望むものを望む。私の心に従えば、この疑問を見過ごすことのほうが恐ろしいのだ。

幕末、それまでの北朝天皇の血が途絶え、南朝天皇にすり替わった。本物の歴史をねじ曲げ、隠し、育て守ってきた体制派の学者とメディアが一緒になって、冒瀆や不敬を楯に総がかりで反論するかもしれない。

それはそれでいい。無礼とか僭越の領域に歴史はないのだし、そうした攻撃に私は慣れっこになっている。この国に必要なのは自由だ。思考と言論の自由がなければ何ごとも先に進まないからだ。

そして私は、自分の説に自信がある。

この男たちは何者なのか?

「四六人撮り」。いつ、誰が、誰を、何のために撮影したのか？　すべてが謎だ。注目すべきは写真の中心だ。真ん中にいるのはフルベッキではない。和服姿の若侍だ。さらに前の二人の侍はＶ字を造って、中心の若侍にスペースを開けている。座の中心を飾るに相応しいピッタンコの若侍が、すべての鍵を握っている。

「四六人撮り」と「二四人撮り」

ここに二枚の写真がある。

一枚目は一〇年以上前に書きあげた「望月先生シリーズ」の第一作『幕末 維新の暗号』で取り上げ、物議を醸《かも》した「四六人撮り」（P6〜7）である。この写真こそ、私にとっての明治天皇すり替えの座標軸だ。そして「二四人撮り」（P11）。

現場は同じ「石畳《いしだたみ》スタジオ」。両方とも、写真の中ほどにアメリカの宣教師、グイド・フルベッキが収まっている。

二枚の違いは、一目で分かる。さっと見較《みくら》べてほしい。

鮮明さもさることながら「四六人撮り」はきわめて切れがあって、迫力がある。構図的にも収まりがいい。

それに対し、「二四人撮り」は、ピンボケで汚い。パンチにも欠けている。一流のプロとアマチュアほどの差。この違いを無視するわけにはいかない。

そこで二枚は、腕の違うカメラマンが撮ったと推理するのが自然だろう。

では、それぞれ誰の作品なのか？

二枚とも、日本の写真の開祖と呼ばれる上野彦馬《うえのひこま》（一八三八〜一九〇四）の作品だという説がある。調べてみると、根拠はない。

中には「四六人撮り」は彦馬が撮ったと言いながら、写真に彦馬が写っている、と言い張る人もいる。珍説だ。

勘弁してほしい。セルフ・タイマーのない時代、カメラマン自身が被写体になれる可能性は皆無だ。彦馬が段取りを済ませて、弟子にシャッターを切ってもらったのだ、という言い訳は採用しない。その場合の撮影者は、あきらかに弟子であって彦馬ではないからだ。昨今の自撮りではあるまいし、被写体と撮影者とが両立しないのは、子どもでも分かる理屈である。

二枚の写真にはもう一つの違いがある。武士たちの表情だ。

並外れた緊張感は「四六人撮り」の特徴だ。一人一人を見つめてほしい。何かに向かって踏み出すことへの深い勇気と覚悟が感じられ、殺気さえ押し寄せてくるはずだ。フルベッキにしても、子どもが寄り添っているのに和《なご》やかさがなく、それどころか青白き真顔に見えるのは、気のせいばかりではないと思う。

天井はなく、オープン状態
で自然光を取り入れている
人影、もしくは外套の
ようなものが写り込む
木の枝と草履
神社の参道のような石畳

上写真／産業能率大学所蔵

神社か料亭にある石畳だ。その上に筵（むしろ）、または毛布をさっと敷いている。左端に植え込みがあり、侍たちの草履が脱ぎ捨てられている。よほど急いでいたのか、邪魔な草履は移動させることなくフレームに収まってしまっている。

菅大臣天満宮の石畳。こんな場所を仕切って造ったスタジオだ。

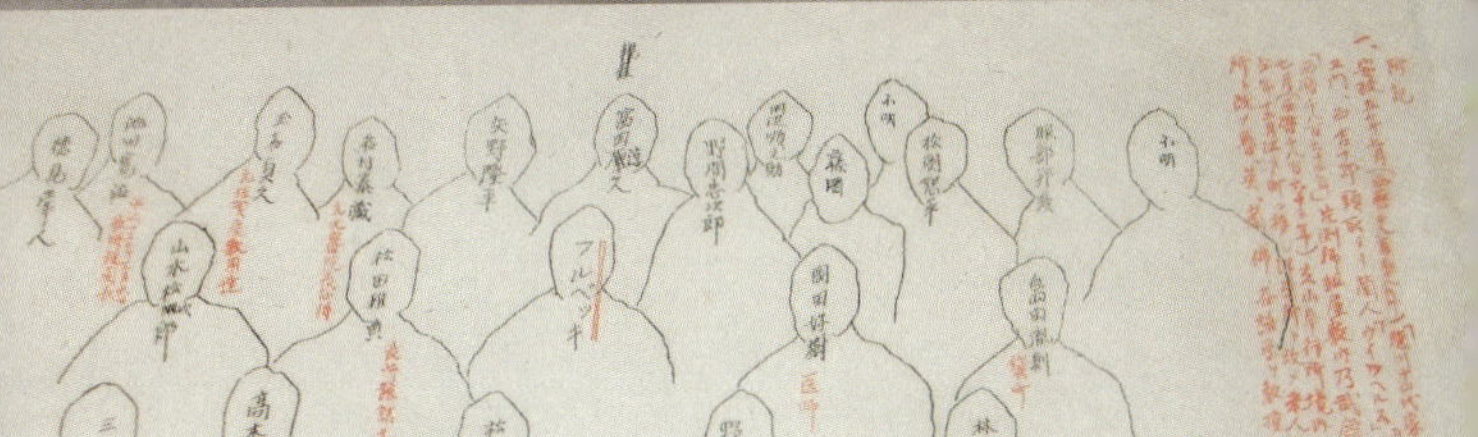

(上)「二四人撮り」。「四六人撮り」に較べて、カメラマンの腕が落ちる。フルベッキは笑みさえ浮かべているようだ。(下)手書きの説明書き。不明は３名のみだが、すべてあてにできるかというと、よく分からない。

写真／長崎歴史文化博物館「広運館教師フルベッキ東京へ出発ノ時ノ記念写真」

「四六人撮り」は、記念写真をはるかに超えた異次元の領域にいる。

だからこそ、この写真は多くの政治家、経営者が好み、部屋に飾ったりするのだ。

それに引き換え「二四人撮り」の表情はどうだろう。緩《ゆる》んでいる。フルベッキを見よ。ノホホンと微笑みさえも感じられる。

違いはまだある。その目的だ。

「四六人撮り」は不明だが、「二四人撮り」は、はっきりしている。「二四人撮り」には、かなり昔のものらしい手書きの説明書きが残っており、それを読めばフルベッキが済美館《さいびかん》の学生と一緒に撮った、東京への出発記念写真だということが分かる。

謎の英語学校

済美館の前身は一八五八年、つまり明治維新南朝武力革命の一〇年前の「英語伝習所」だ。舘山《たてやま》町の長崎奉行支配組頭、永持亨次郎《ながもちこうじろう》の官舎内に設置している。四年後に片淵《かたぶち》街に移り「英語稽古《けいこ》所」と名を改め、翌年長崎の江戸《えど》町に移転し「洋学所」となる。

さらに一八六四年、大村《おおむら》町に移転して「語学所」に改名、名が「済美館」になったのは一八六五年（慶応元年）二月、新町の長州藩旧蔵屋敷跡地に移された時である。

一八五八　英語伝習所
←（片淵街に移転）
一八六二　英語稽古所
←（江戸町に移転）
一八六三　洋学所
←（大村町に移転）
一八六四　語学所
←（新町に移転）
一八六五　済美館

一～二年で移動、改名。目の回る忙《せわ》しさの理由は一つしかない。外国嫌いの攘夷派から身を隠すための防衛対策である。

フルベッキは途中参加だ。一八六四年八月四日の「語学所」から教えている。薩摩、佐賀、熊本、加賀、福井などから藩の正式派遣留学生徒が続々と集まり、一〇〇名以上の大所帯に乗り込んだのである。済美館では英語の筆頭教授だ。

フランス語教師は、宣教師のプティジャンとフュウレ。土佐の中江兆民《なかえちょうみん》はプティジャンから習っている。グラバー邸の建つ丘の麓《ふもと》の教会、大浦《おおうら》天主堂での落成式（一八六四）には、このプティジャンらフランス人宣教師も盛大に出席。肝心なのは外国語学校が英米仏と開明派武士ネットワークのアクセス・ポイントとして存在していたことだ。

「二四人撮り」の手書き説明は、こう書かれている。

〈慶応元年八月、長崎府新町に済美館を設立（中略）明治初年同館担任教師「フルベッキ」氏東京へ出重《ママ》ナル門人記念トシテ新大工街上野彦馬写真館に於テ撮影セリ〉

「二四人撮り」の「不明」は三名のみ、それ以外は佐賀藩士らしい全員の名前が記されている。

いつ誰が書いたかは不明の手書きだが、世辞にも上手い字とは言いがたく、誤字もある。はたしてこの記述、つまり「上野彦馬写真館」という撮影場所、「明治初年」という撮影時期、さらには人物名や出張記念写真だという撮影動機を額面どおり信じていいものか、かなり判断に迷うところだ。

「一五人撮り」。石畳スタジオではない。髭を生やし、かなりおっさんになったフルベッキ。竹の鞭を手にしている。

ニューヨークから一緒の船で来た宣教師の同僚、ブラウン（中）とシモンズ（右）の「三人撮り」。フルベッキは 1859 年 11 月に横浜で２人と別れ、単身長崎に向かったので、「三人撮り」は、アメリカ出発記念か、あるいは横浜到着記念として撮ったと思われる。
私の推理で年代順に並べるとこうなる。「三人撮り」（1859 年）→「四六人撮り」→「二四人撮り」→「一五人撮り」

なぜ日本に「四六人撮り」の「原版」がなかったのか

では、問題の「四六人撮り」のアプローチを考えてみる。

記録の一切がなく、その目的も全然分からない。

いやそれにもまして写真そのものが、長い間鍵の掛かった蔵の中にでも仕舞われていたように、まったくもって世に出現しなかったということが奇妙だ。

ずいぶん経《た》って森有礼《もりありのり》のアルバムに収まっていたことが分かったのだが、ポツリポツリと世に出てきたのは、いずれも名刺判の小さな色あせた「四六人撮り」である。現在一般に知られている、大きく、そして鮮明な写真は、上野彦馬の子孫がフランスから買い付けたもので、原版はおろかオリジナルの写真すら、撮影現場である当の我が国にはなかった。

その後、数枚発見されたが、やはりいずれも複写に複写を重ねた小《ち》っちゃな「ぼやけ名刺判」のみで、これも不思議な話である。

なぜ原版に近い「四六人撮り」が日本になく、外国にあったのか？

奇怪な話だ。

謎は彦馬側にもある。高杉晋作《たかすぎしんさく》、坂本龍馬《さかもとりようま》、伊藤博文《いとうひろぶみ》などの貴重な写真は、原版やオリジナルを子孫が大切に受けつぎ、保存している。では、次の疑問にどう答えるのか？彦馬が撮ったというならば幕末明治期、最重要人物であるフルベッキの「四六人撮り」が、なぜ遺産に含まれていなかったのか？

フルベッキだけではなく、明治のビッグ・ツーの一人、岩倉具視《いわくらともみ》の二名の子息も写っているのだ。家宝級の写真だ。どう考えても不自然きわまりなく、やはりこの点でも彦馬の作品ではない、と推測せざるをえない。

「四六人撮り」の全員が正装だ。

立派な記念写真である。一人一人に配られるのが普通だ。

当時の写真は現代の運転手付きセンチュリーより、よほどステータスがあった。

ましてフルベッキと写っているのだ。フルベッキの口添えがあれば、米国留学ができ、政府の要職は望みのまま。いや、神とさえ崇《あが》められた人物で、天皇の写真より実利も権威もあった。自分が写っていれば、機会あるごとに周囲に自慢し、吹聴《ふいちよう》し、印籠《いんろう》のように掲げ、雑誌に売り込みに行く人間がいたっておかしくはない。

しかし、そうはならなかった。

ひょっこりと世に出たのは、ずいぶん後だ。一八九五年（明治二八年）の雑誌『太陽』。しかし〈フルベッキ博士とヘボン先生〉という以外に、写真の具体的紹介記述はない。

雑誌の掲載時、被写体の若侍たちはまだ五〇歳そこそこである。むろん生存者はたくさんいる。しかし自分が写っていると名乗り出た形跡はない。雑誌社のほうも、何かの都合でそれ以上調べようとせず、追いかけもせず、両者は奇妙な沈黙を通し、緊張のうちにフェード・アウトしている。


次は一九〇七年（明治四〇年）。大隈重信《おおくましげのぶ》監修の『開国五十年史』に「長崎致遠館《ちえんかん》フルベッキ及其門弟《およびそのもんてい》」というタイトルとともに掲載。

さらに一九一四年（大正三年）に『江藤南白《えとうなんぱく》』が出た。

こちらは七年の間隔で世に躍り出ている。

『開国五十年史』には総理を務めた大隈重信が、次の『江藤南白』には、泣く子も黙る右翼の大物、頭山満《とうやまみつる》が絡《から》んでいる。ただの出版物ではない。背景には腰を抜かす暗闘が横たわっているのだが、詳しくは拙著『幕末　維新の暗号』（祥伝社文庫）を読んでいただ

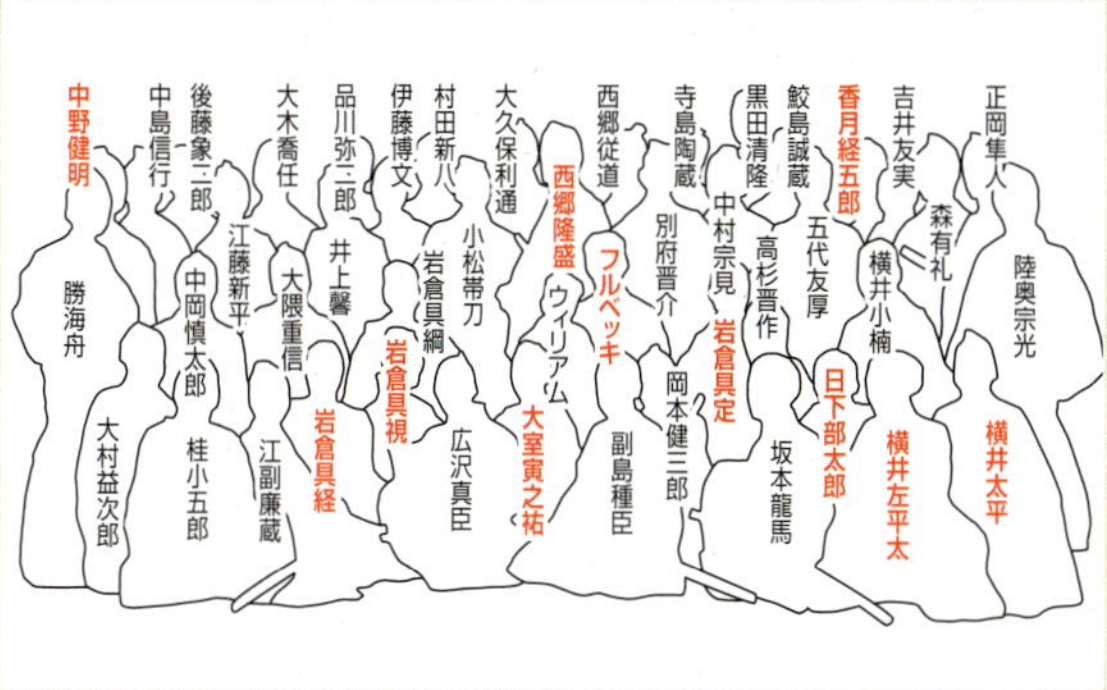

画家の島田隆資は、撮影時期と名前を特定した。当てずっぽうではない。調べて目星をつけた結果の正解率（赤色の人名）は2〜3割、なかなかの善戦で、後世の歴史マニアに問題を提起するという退屈しない偉業を残した（上の写真は「陶板額」の新聞宣伝。P20とP22を参照）

くとして、目的は真実の追究ではなく、どうやら一発カマしてやろうという脅《おど》しなので早々と手仕舞《てじま》っている。そのため、世間に広まることはなかった。

世間が騒然となったのが、それから六〇年も後の一九七四年（昭和四九年）だ。お騒がせは島田隆資《しまだたかすけ》という画家である。

雑誌『日本歴史』に西郷隆盛《さいごうたかもり》、高杉晋作、坂本龍馬など明治維新の志士たちが写っていると発表し、「四六人撮り」の撮影時期を一八六五年と特定した。

一八六五年といえば、まさに倒幕薩長《さっちょう》連合成立の前年だ。都合よすぎるこじつけに、この説は根拠薄弱だとしてポンと消えた。

学界は黙殺、メディアは相手にしなかったが、しかし噂は静かに広まった。

一九八五年、自民党副総裁の二階堂進《にかいどうすすむ》（鹿児島出身）が「四六人撮り」を公然と議場に持ち込み話題にしてからというもの、知る人ぞ知る存在となり、今日《こんにち》、多くの政治家や財界人が格別のエネルギーを放つ年代物の開運お宝写真として社長室に飾ることになる。

2

「志士たち」の正体

追えば幕末維新の恐ろしい裏側が浮上する。

「四六人撮り」の被写体を人物比定する

島田隆資が人物と撮影時期を「特定」したおかげで、名前を書き込んだ商品まで出回りはじめる。

題して「陶板額　幕末維新の志士達」。「四六人撮り」有田《ありた》焼、豪華額装仕上げだ。朝日新聞などの全国紙に派手な宣伝を打ったから、ご記憶の方も多いのではないだろうか（P19の写真参照）。

そこでちょいとお遊び、比較ゲームである。『幕末　維新の暗号』で取り上げた一八人を、ページを飛ばしながら順次、掲載するので、箸《はし》休めならぬ目休めで楽しんでいただきたい。

左に「四六人撮り」のトリミング写真、右に一般に本人と確認されている史料写真を配置した。陶板の名前に対する私の判定は、○＝同感、△＝微妙、×＝別人。ぜひ、じっくりと見比べてほしい。

小《こ》松《まつ》帯《たて》刀《わき》（一八三五〜一八七〇） ▲

薩摩藩家老。坂本龍馬と出会い、（亀山）社中のスポンサーになる。太っ腹の開明派で、西郷隆盛、大久保利通を金銭面で支えるが、明治になって大久保に外され、失意のうちに三五歳の若さで他界。「維新十傑」の一人。

勝《かつ》 海《かい》舟《しゅう》（一八二三〜一八九九） ✕

幕臣のくせに幕府を内側から食い破ったエイリアンのような開明派。自作自演が多く、ホラ吹きだがバツグンの度量を持つ。将軍慶喜と組んで幕軍を骨抜きにした。維新後は参議、枢密院顧問。

四つの謎を追う

限界まで謎を追えば、謎の撮影時期が浮かんでくる。

①撮影時期の謎を追う

写真には福井藩の日下部太郎《くさかべたろう》が写っている。

日下部は一八六七年にアメリカ・ニュージャージー州のラトガース大学に留学。驚くべき記憶の天才だ。現地のアメリカ学生を押しのけて首席。しかし三年後、結核のためアメリカで病死した。したがって、撮影は日本を離れた六七年以前でなければならない。

次に注目すべきは、写っている横井左平太《よこいさへいた》と弟の横井太平《だいへい》だ。横井小楠《しょうなん》の事実上の息子たちである。

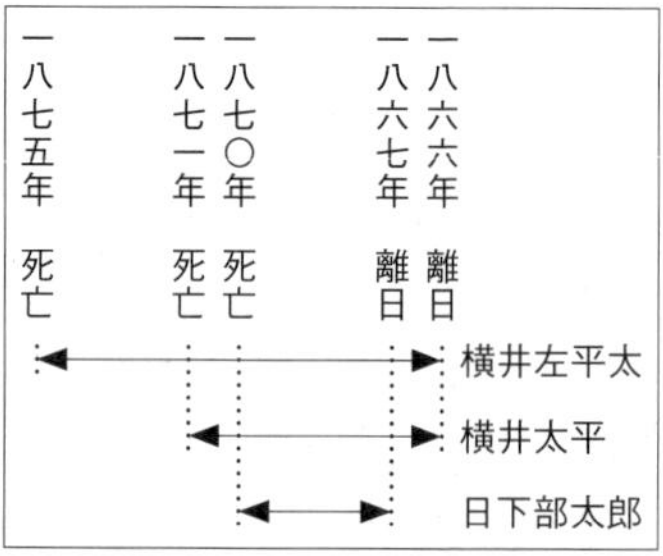

二人が留学渡米で日本を離れたのは、日下部より一年早い一八六六年五月（慶応二年四月）だ。

左平太の帰国は一八七三年（明治六年）、太平は一八七一年（明治四年）に死亡しているから、三人そろっての日本での撮影は、どう逆立ちしたって一八六六年五月より前になる。

お分かりだろうか？　撮影時期の特定には横井兄弟と日下部が切り札だ。私は六五年〜六六年五月の間という見立てだ。この時期、何が起こったのか？　薩摩と九州が手を握り、倒幕へ走り出した年である。むろんこの三人が写っているという条件付きだが、それに対しては自信を持っている。

②「四六人撮り」が世に出現しなかった謎を追う

なぜ世に出なかったのか？　カメラマンが原版ともども一切《いっさい》を厳重に仕舞《しま》い込んで誰にも渡さなかった。これなら分かる。

写真は主だった特定の人間に配られた形跡がある。

証拠の一つがウィリアム・グリフィス【注】の著書『日本のフルベッキ』だ。

その中に「四六人撮り」に触れている箇所がある。つまりフルベッキ、もしくは生徒が写真を持っており、それをグリフィスが見たのだ。撮映後、特定の生徒にも配られていたとみてよい。

江《え》副《ぞえ》廉《れん》蔵《ぞう》（一八四八～一九二〇）

佐賀藩士。クラスメイトに必ず一人はいる顔。論評しようとしても、なぜか何も浮かばないタイプだが、英語を武器に三井物産ニューヨーク支店主任として活躍。子孫が「四六人撮り」を所有しているのが決め手。

◎

大《お》隈《おくま》重《しげ》信《のぶ》（一八三八～一九二二）

早稲田大学を創った佐賀藩士。腕は立たないが、口はバツグンでムカつくほどだ。フルベッキとの距離は一ミリ。明治政府では参議、大蔵卿を経て外相、農商務相。憲政党を立ち上げ、第八代・一七代首相。

◎

坂《さか》本《もと》龍《りよう》馬《ま》（一八三五～一八七〇）

△

言わずと知れた土佐藩郷士ぜよ。勝海舟門下だが後に路線の違いで決裂。薩長同盟の仲介から大政奉還まで、討幕運動に携わる。京都近江屋にて暗殺。犯人は意外な人物だ。詳しくは拙著『龍馬の黒幕』を読むべし。

江《え》藤《とう》新《しん》平《ぺい》（一八三四～一八七四）

◎

佐賀藩士。大秀才で維新後、文部大輔などを経て司法卿になる。天下に手が届くところまで行くが、恐怖の大久保と対立して「佐賀の乱」でハメられ、逃げて逃げて、ついに捕まり、あえなく斬首、さらし首に。

では、なぜ「四六人撮り」は世に出なかったのか？

最初は秘密ではなかったのではないだろうか？　写真の取り扱いも制限されていなかった。しかしすぐさま気付き、配った名刺サイズの写真すら、世に出る前に回収した。

写真は国家の破滅をもたらす。政府にとって不都合な真実、あってはならない写真で、だから政府は血眼《ちまなこ》になって捜《さが》し回った。それ以外、世に出なかった理由は見つからない。

では不都合な真実とは何か？　何が写っていたのか？

そう、すり替えられた南朝天皇である。

【注　グリフィス】一八四三〜一九二八。アメリカ人。一八六五年、ラトガース大学に入学。一級下の日下部太郎に語学を教える。大学卒業後、フルベッキと同じオランダ改革派教会神学校に入学。福井藩からアメリカ人教師のスカウト依頼を受けたフルベッキが、師匠のフェリスへ頼み、選ばれたのがグリフィスだ。

一八七一年三月四日に福井着。化学と物理を教えるが、翌年には東京の南校（後の東京大学）に移ってフルベッキと共に教壇に立つ。一八七四年帰国し、一九〇〇年、フルベッキが世を去って二年後に『日本のフルベッキ』を執筆した。

横《よこ》井《い》太《だい》平《へい》（一八五〇〜一八七一）◎

熊本藩士。横井小楠の甥。かわいそうだなあ、という思いがいっぱいである。兄ちゃんの左平太と共にアメリカのラトガース大学に留学するが、病を得て単身帰国。男を楽しむ暇もなく、二一歳の若さで早死にした。

横《よこ》井《い》左《さ》平《へい》太《た》（一八四五〜一八七五）◎

熊本藩士。前出・太平の兄（五歳年長）。ラトガース大学、海軍兵学校に学ぶ。帰国後は明治政府に出仕するが、活躍する間もなく、人生の幕切れは早かった。死因は弟・太平と同じ結核。

③カメラマンの謎を追う

ずばり外国人カメラマンだ。

確固たる証拠がないので断定はできないが、もう一度じっくり眺めてほしい。光の入れ方、ピントや絞り具合、構図、タイミング、現像と焼付け技術……すべてにおいて、彦馬が撮ったという「二四人撮り」をはじめとするその他の写真たちとは桁《けた》違いに違うオーラだ。凄腕《すごうで》という言い方がぴったりで、鮮明さ、迫力、神秘性でも「四六人撮り」のライバルは見当たらない。

そして私の感性に頼るならば匂いだ。日本人の作風と異なっていて、西欧の風が心の網膜に映るのである。

④撮影場所の謎を追う

場所は長崎。同じ「石畳スタジオ」の写真が数枚見つかっており、それらに写っている人物から長崎が浮上する。この説には他の研究者も異論がないようだ。

では彦馬の撮影スタジオか？　私の推理では違う。

というのも、彦馬はすでに長崎の別の場所で写真館を持っているからだ。一八六二年の

中野《なかの》健《たけ》明《あき》（一八四四〜一八九八）

◎

佐賀藩士。維新前のことはよく分かっていない。佐賀の乱の時は、フランス公使館在勤を命じられた後だが、同じ佐賀藩士の大隈重信と行動を共にし、政府軍に協力していたという裏切りの疑いが濃いので佐賀では人気がない。

中島《なかじま》永《なが》元《もと》（一八四四〜一九二二）

◎

佐賀藩士。岩倉使節団に随行。文部官僚を経て貴族院議員。右写真は一八六九年に撮ったものだ。「四六人撮り」と比べてもらいたい。どう見ても四つ、五つ若い。やはり「四六人撮り」は一八六五年前後の写真だ。

開設だ。「四六人撮り」が六五年～六六年の間ならば絶頂期、六五年、六六年には大坂、箱根と弟子が相次いで写真館を開いている。長崎の彦馬写真館（上野撮影局）は羽振りがよかったので、立派な床の「板張りのスタジオ」を持っている。

「四六人撮り」を見よ。料亭の前庭か神社の参道を思わせる石畳の上に布を敷《し》いただけの、みすぼらしいやっつけスタジオである。大繁盛店のものではない。大人数のため、緊急措置として、彦馬写真館の庭を仕切って使用したとも考えられるが、しかし急場しのぎというのはおかしい。

というのも「石畳スタジオ」の別の写真だ。

岩倉具経《いわくらともつね》と三条《さんじょう》実美《さねとみ》と思われる人物が写っている（P43）。こちらは少人数だ。少人数なのになぜ、立派な「板張りスタジオ」を使わなかったのか？

やはり「石畳スタジオ」は彦馬写真館ではない。別の場所、明治元年にきれいさっぱりと解体されたフルベッキの住まい、大徳寺《だいとくじ》の中に造ったものだというのが私の推理だ。

そもそも京都大徳寺は南朝の後醍醐《ごだいご》天皇と関係が深い。安土桃山《あづちももやま》時代にはキリシタン大名と密接となり、瑞峯院《ずいほういん》の石庭はキリシタン灯籠を中心に縦四個、横三個の石で十字架が作られているほどで、長崎大徳寺も宣教師のフルベッキとしては居心地のよい住まいだっ

香《か》月《つき》経《けい》五《ご》郎《ろう》（一八四九〜一八七四）

佐賀藩士。アメリカとイギリスに留学する。帰国後は江藤新平と行動を共にした。佐賀の乱で処刑。頂点に登ったかと思うと奈落に転落、青春の夢が砕け散った。

山《やま》中《なか》一《いち》郎《ろう》（一八四八〜一八七四）

佐賀藩士。江藤新平の門下生。ドイツ、フランスに留学する。頑固一徹、筋を通す面構え、やっぱり筋を通し、江藤に同行して佐賀の乱に加わって燃えつきる。

たはずである。要するに南朝のキリシタン寺というイメージだ。

南朝、北朝の話は後ほど述べるが、ここではフルベッキの住まいが南朝の寺・大徳寺であり、「四六人撮り」の「石畳スタジオ」があったのではないかということだけ覚えていてほしい。

明治政府を動かした〝怪物〟の正体

柔和な宣教師。しかし一皮むけば、その下には政治家、思想家、教師、翻訳家、学者、プロデューサー……たくさんの顔があった。

フルベッキの経歴をかいつまむと一八三〇年、オランダ生まれのユダヤ系だ。

二二歳の時にオランダから渡米。

神学校に入り、プロテスタント系のオランダ改革派宣教師となる。

一八五九年に結婚。フルベッキ夫妻が同僚のブラウン、シモンズ（P15の写真参照）などと一緒にニューヨークを発《た》ったのはその年の五月五日である。一〇月七日、上海着。それからきっかり一カ月後の夜、単身で長崎到着。聖公会《せいこうかい》のリギンズ、ウィリアム両宣教師

鍋《なべ》島《しま》直《なお》彬《よし》（一八四三〜一九一五）

△

肥前鹿島藩第十三代藩主。ポヨーンとしたボンボンで、毒にも薬にもならなかった。「四六人撮り」では左の侍を小松帯刀、あるいは鍋島直彬とする二つの説がある。

西《さい》郷《ごう》隆《たか》盛《もり》（一八二八〜一八七七）

◎

薩摩藩士。屈指のカリスマ、「維新三傑」の大物。男、女、LGBT、性別を問わず大人気だが、注意しなければならないのは、よく知られる顔は肖像画であって、写真ではないということだ。P139以下を参照。

に迎えられて崇福寺《そうふくじ》で同居。二カ月後の一二月二九日、夫人が上海から到着する。

一八六〇年二月、リギンズより布教の仕事を引き継ぐ。春、八名の日本人が英語とキリスト教の授業を希望したが四名に絞る。その中に何礼之《がのりゆき》（一八四〇〜一九二三）がいた。

何礼之はチャイナ系の子孫、町人である。頭が良かったのだろう、一八六三年、英語稽古所（後の済美館）学頭および長崎奉行所支配定役《しはいさだめやく》となって幕府の御家人となる。町人から武士への異例の格上げだ。何礼之は前島密《まえじまひそか》を塾頭にし、私塾を開く。表向き、フルベッキを招いたのは一八六四年となっているが、一八六〇年から何礼之を教えているので、最初から加わっていたはずである。

前島密は、漢字は難しくて外国人などに分かりづらいので廃止してほしいという要望書を徳川慶喜《よしのぶ》に提出している。抑圧された時代なのに現代の若者より発想が自由で、行動力もあって、こうした日本人が近代を築いたのだと思うとうれしくなる。

何は開成所教授並《かいせいじょきょうじゅなみ》、造幣局判事、岩倉使節団への同行、内務権大丞《ないむごんのたいじょう》、元老院議官、高等法院予備裁判官、貴族院議員など、トン、トン、トン、トンと出世する。

フルベッキの教え子に、意外な侍《さむらい》がいる。大山巌《おおやまいわお》（一八四二〜一九一六）だ。

高《たか》杉《すぎ》晋《しん》作《さく》（一八三九～一八六七）◎

長州藩士。松下村塾に学ぶ。シビレるほどの行動力と機転のよさで、奇兵隊を組織し、藩論を討幕に統一。右写真はカツラだという見方がある。見れば生え際が怪しい。幕末、変装用のカツラはポピュラーだった。

大《おお》久《く》保《ぼ》利《とし》通《みち》（一八三〇～一八七八）△

薩摩藩士。「維新三傑」の一人。一緒にいるとチビるくらい緊張させる男。佐賀はもちろんのこと、郷里の鹿児島まで砲でぶっ飛ばす非情の男だ。士族に暗殺される。さもありなん、死に方まで期待を裏切らなかった。

大山は薩摩の巨人、西郷隆盛の従兄弟《いとこ》である。後の大日本帝国陸軍大将となる人物だが、陸の大山巌、海の東郷平八郎《とうごうへいはちろう》と称され、西洋カブレとも言われながらも、フルベッキと西郷隆盛をつなげている。

フルベッキの経歴を駆け足で追ってみる。

一八五九年　日本上陸

一八六一年　長男ウィリアム誕生。住まいを崇福寺敷地内で移動。何礼之など七名の日本人に英語と聖書を教える。

一八六四年　長崎、何礼之の私塾で教える。七月二八日、住まいをほど近い大徳寺に移動。八月二日、幕府の済美館の校長として教え始める。肥後藩（熊本）より軍船購入依頼を受ける。

一八六五年　済美館新校舎建築、収容生徒数一〇〇名以上。

一八六六年　横井小楠の甥《おい》、横井左平太、太平兄弟の留学斡旋《あっせん》（六月一〇日付けフェリス宛ての手紙）。「四六人撮り」の撮影をこのころと推測。

一八六七年　三月、薩摩藩士五名の米国留学紹介状を書く。加賀、薩摩、土佐、佐賀の藩

伊《い》藤《とう》博《ひろ》文《ぶみ》（一八四一〜一九〇九）

△

長州藩士。松下村塾に学ぶ。大久保の死後、新政府の実権を握る。人を暗殺したと自他共に認める筋金入りのテロリストだが、首相を四回務める。立ち位置は端、下級武士としてふさわしいポジションなので本物か？

日《くさ》下《か》部《べ》太《た》郎《ろう》（一八四五〜一八七〇）

◎

福井藩士。ラトガース大学へ留学し、グリフィスに学ぶ。首席を通し、現地でも絶賛の嵐だったが、卒業を目前にして現地で病死。静かな一生を閉じた。

主が学校設立でスカウト、争奪戦となる（九月七日付けフェリス宛ての手紙）。

一八六八年　一月、佐賀藩の蕃学《ばんがく》稽古所の教師となる。五月二日、憲法改正の特別会議に招かれる。一〇月、大坂で小松帯刀《こまつたてわき》、副島種臣《そえじまたねおみ》、何礼之などと会う。米国製の甲鉄艦ストーン・ウオールの幕府引渡し拒否のために、新政府から譲渡交渉を依頼される。また米国留学中の日本人学生について意見を求められる。

一八六九年　開成所（後の東京大学）の教師となる（事実上の校長）。六月一一日、独自の発案で「岩倉使節団」計画を大隈重信に提出する。

一八七〇年　岩倉具定《ともさだ》・具経（ともに岩倉具視の息子）らの米国留学紹介状を出す。

一八七一年　フルベッキ・プロデュースの「岩倉使節団」出発直前に、使節団内の森有礼らの米国留学紹介状をフェリスに出す。

一八七二年　明治天皇が南校（前開成所）訪問。フルベッキの講義を受ける。

一八七三年　外遊中の岩倉具視とスイスで会う。

一八七七年　勲三等旭日《きよくじつ》章を受与。

一八九一年　外務大臣榎本武揚《えのもとたけあき》が、フルベッキに日本国内自由移動と居住の特別許可を交付する。

一八九八年　二月二六日、最後の説教を行なう。司会者はアーネスト・サトウ。
　　　　　　三月一〇日、赤坂葵《あおい》町で死去。青山墓地に眠る。六八歳。

と、ざっくりと書いたが詳細は不明だ。

というのも、前代未聞の秘密主義者なのだ。スカスカの日報にムカついた宣教師の上司フェリスが、事のすべてを執筆するよう求めた時でさえ記入を拒《こば》むほどだ。

フルベッキの住んでいた大徳寺は、長崎港を見渡せる長崎随一の景勝地。明治元年に解体されたという。政府は廃仏毀釈《はいぶつきしやく》を理由に他意はないとしているが、本当だろうか？

大徳寺が廃寺になる前から、長崎の七不思議として俗謡《ぞくよう》が唄われている。興味深い文言《もんごん》がある。〝寺でもないのに大徳寺〟。もともと寺でなかったのだ。にもかかわらず、廃仏毀釈の対象となるのはおかしい。やはり理由は他にある。「四六人撮り」の石畳を消したかったのではあるまいか？　今は公園になっているが、戊辰《ぼしん》戦争に長崎から参加した「振遠《しんえん》隊士」を祀《まつ》る佐古《さこ》招魂社《しようこんしや》のもので、鳥居にはなんとわずか一年の間、長崎が「府」であったことを証明する「明治元年長崎府」の文字が刻まれている。

何を言いたいかというと、フルベッキの爪痕《つめあと》が次々に消されているということだ。

しかし右の経歴にもあるように、横井小楠の事実上の二人の息子（甥）、岩倉具視の二人の息子、それに勝海舟の息子（小鹿《ころく》）を留学させた事実を見れば、天下人三人の御意見《ごいけん》番《ばん》だったということが分かるはずである。それだけではない。大山巌ラインで西郷隆盛と通じているし、坂本龍馬とは側近の白峰駿馬《しらみねしゅんめ》が英語の生徒。アメリカ公使で元北軍将校ロバート・ヴァン・ヴォールクンバーグはむろんのこと、英国工作員アーネスト・サトウとも親しい。とにかく、あらゆる上層部とつながっていて、フルベッキはすべての情報を手にする立場にいた。こうなれば、絶大なる権力を握れることは歴然である。

フルベッキには五つの特徴がある。

①自他共に認める秘密主義者

付き合いが濃かったグリフィスをして、「フルベッキは、銀の反論や鉄のペンより、黄金の沈黙を選んだ」と言わしめるほどだ。

秘密主義はフルベッキの、上司フェリス宛ての手紙からも窺《うかが》える。

私がこれまで見た「石畳スタジオ」4枚のうちの1枚の「11人撮り」だが、座っている2人は三条実美と岩倉具経と見受ける。もともと童顔の具経がさらに幼く見えるので、撮影は1865年前だろう。三条は1865年から、少なくとも1867年までは九州太宰府におり、長崎は近い。
写真ホルダーに、オーストリアの写真家ブルガーの名前が印刷されているので彼の作品だという説がある。ブルガーは1869年（明治2年）に来日し、2年間滞在したのでその間に撮ったステレオ写真ではないかというものだ。そうなると私の説は崩れる。「11人撮り」の岩倉具経のほうが幼いからだ。「四六人撮り」は1869年以降ということになるのか？　しかし、それは違う。ブルガー自身が手掛けたのは東京の街並みや鎌倉の大仏など風景で、しかも彼自身、日本人の人物写真は上野彦馬や下岡蓮杖など写真家から購入しているのが分かっている。そのうえ、これは同じ写真を2枚並べただけのインチキで、ステレオ写真などではない。ブルガーのステレオ写真に見せかけて、高値で売りつけようとした山師の小細工だが、今ですら騙される素人写真研究家はいる。
三条は明治政府のトップだ。多忙をきわめている1869年から具経が留学するまでの1869年末まで、三条が東京を離れ、長崎に出かけることはありえない。したがって太宰府にいた1865年～1867年、つまり結論として「11人撮り」は明治維新よりずっと前ということになる。

〈私と懇意である岩倉氏への紹介状を同封します。岩倉氏は龍（具定）と旭（具経）の父親で、天皇の次の人間です。今はまだはっきりと言えませんが、私はこの使節派遣に深く関与しております。そのことは、日本人の口から出ない限り、私から語ることは一切ありません〉（一八七一年一二月二一日付け）

②大のカソリック嫌い

〈救世主の敵として、ローマ・カソリックを嫌悪しています〉（明治学院大学所蔵原稿）

フルベッキは明治政府の中枢にいて、宣教師でありながら残忍なキリシタン（カソリック）弾圧を黙認した。宣教師としてあるまじき態度だ。それを非難する他の牧師や外交官に向かって、シレっとして一言、言い放つ。

「彼らはカソリックです」

評判ガタ落ちだが、かえって明治政府からの信頼度は抜群に上がる。

③明治天皇と、異常なくらい親密である

〈私は少なくとも年に一度は天皇と面会し……〉（一八八二年一〇月二四日付け書簡）

明治天皇と面会できる人物は、そんじょそこらにいるものではない。しかも年に一度も会っている。ましてフルベッキは外国人。明治天皇は、ついこの間まで大の外国人嫌いで父、孝明《こうめい》天皇と攘夷祈願までやらかしていたのである。そのうえフルベッキは宣教師だ。

断わっておくが日本は多神論の神道国家であり、天皇はその頂点に君臨する身だ。

フルベッキはプロテスタントとはいえ、政府が強烈に弾圧をかましているカソリックとは同じ一神教。多神教など一切認めないキリスト教の宣教師なのである。まるでローマ法王が、イスラム教の導師と密接な関係を保っているのと同じで、グロテスクでさえある。

天皇はフルベッキに勲章を与え、葬儀の際には多額の寄付をし、東京府（当時）に対して青山墓地の広い敷地を提供させ、退役大物将校たちに葬儀参列行進を命じている。

いったいぜんたい、どうなったらそうなるのか？

その謎は「四六人撮り」の中のフルベッキと、すり替え前の「若侍」、つまり先生と生徒の距離に他ならない。

④岩倉具視が絶対の信頼を置いている

明治新政府の総合メイキング・プロデューサーはフルベッキで、依頼者は岩倉だ。

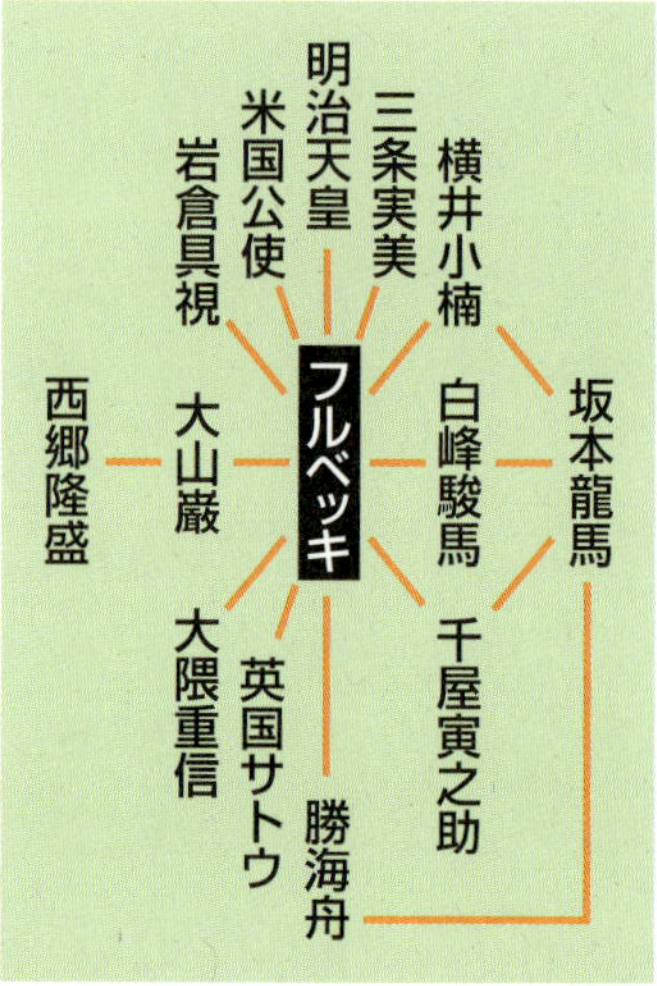

〈東京のフルベッキ邸の客間で、岩倉とフルベッキが会談する場に私（グリフィス）も居合わせた。岩倉が「これからのことを予想すると大名の何人かを強圧、服従させる必要がある。我々は流血をも辞さず断行する考えである」と言うのを聞いた。（中略）岩倉はフルベッキを信頼し、国家の重大事項を相談していた〉（ウィリアム・グリフィス著『日本のフルベッキ』）

グリフィスの来日は一八七一年三月だから、この話を耳にしたのはそれ以後だ。翌年、東京に移り、東京大学の前身、大学南校の教師になってからだが、維新後も混乱が続き、抗《あらが》う藩主がいて、彼らを服従させるために暴力を使う決意でいることが分かる。

そしてこんな国家の重大な方針まで、岩倉はフルベッキに打ち明けているのだ。全幅《ぜんぷく》の信頼だ。

フルベッキは、おとなしそうな容姿から一見、控え目に見えるが、とんでもない。非情だ。並外れたチャレンジャーでもある。オランダから飛び出し、アメリカからもおん出るハミ出し者で、こうしたハミ出し者が集まらなければ、明治というハリウッドがゴマ粒に見えるほどの超大作は創《つく》れなかったのは事実だ。明治政府の全行政を指導し、空前絶後の遠大な岩倉使節団の企画、計画、実行……あらゆる指揮をとった人物である。

フルベッキは多くの留学生をアメリカに送っているのだが、判明している有名どころは九名。横井左平太、太平。華頂宮博経親王《かちようのみやひろつね》（一八五一〜一八七六　孝明天皇と徳川家茂《いえもち》の猶子《ゆうし》）。柳本直太郎《やなぎもとなおたろう》（福岡藩士　後に名古屋市長）。高戸賞士《たかとしようし》（福山藩の儒官の子　慶應義塾に学ぶ、外務省書記官）。白峰駿馬（長岡藩士　勝海舟の弟子、亀山社中、海援隊隊士）。千屋寅之助《ちやとらのすけ》（土佐藩士　坂本龍馬と共に勝海舟の弟子、亀山社中から海援隊隊員となる、妻が龍馬の妻、お龍《りよう》の妹）。岩倉具定、具経。

理解していただけると思うが、フルベッキは幕末維新を戦い、明治を造った野心ある権力者全員と、ほぼつながっているのである。

結局、誰が写っていたのか

「四六人撮り」に誰が写っているか？　グリフィスの『日本のフルベッキ』にヒントがある。

〈フルベッキがアメリカに送った教師とその生徒たちの写真（四六人撮り）は、日本の歴史家にとっては非常に価値のある資料であろう。若者たちの中に、後々いくつもの部署で多大なる影響力を持った人物たちを認めることができる。

各省の長、大臣、海外派遣の外交官、そして皇国の首相になった人物などです。

本や他人の助けを借りずに私が判別できる人物に、岩倉兄弟（具定、具経）がいる。大隈重信がいる。日本の新体制の下、この四〇年間の大隈の活躍はめざましく、財務の長や外務大臣、大学校すら創っています。一八七四年にチャイナに派遣された外務卿の副島種臣とともに、大隈はフルベッキの下で特に合衆国憲法を学び、ほとんどすべての西欧諸国の基本法に精通しています。

柳谷《やなぎや》謙《けん》太郎《たろう》は特許局長であり、一八七四年（正しくは一八七一年）にキリスト教国に

派遣された（岩倉）使節団の中に、写真に写る多くを認めることができます〉

「四六人撮り」に大隈重信はいない、という説があるが、それではグリフィスの証言と食い違う。大隈と身近だったグリフィスが、大隈の特徴的な顔を見間違えるはずもなく、だからこそ文の中で自信満々の長い解説を綴《つづ》っているのだ。

具定と具経はラトガース大学に留学してきた関係上、顔はよく知っているので間違いはない。

柳谷謙太郎は済美館など複数の学問所で英語に接していた男だ。後にサンフランシスコの領事となった。したがって、グリフィスとは顔見知りであった可能性は高い。ただし私の手元には柳谷本人の写真がないので、人物は特定できない。

気になったのは日下部太郎に触れていないことだ。ラトガース大学で毎日のように顔を合わせ親交を結び、英語を教えているので、判別できないわけはないのだが、どうしてなのか？　ひょっとして「四六人撮り」の日下部は私の見間違いであって、そっくりさんの別人かもしれないとも思ったが、よくよく考えて納得した。

日下部は無名のまま病死しているのだ。

この行《くだり》は写真「四六人撮り」の中の「首相」「大臣」「外交官」「各省の長」になった人物だけにしぼって解説しているのであり、鬼籍《きせき》に入った無名の知人は、除外している。ならば日下部を外したのは自然の流れである。同じ理由で故横井兄弟もグリフィスは触れなかった。

二〇一二年六月、オウム真理教の指名手配容疑者が二名、捕まった。驚いたのは、菊地《きくち》直子《なおこ》容疑者と高橋克也《たかはしかつや》容疑者の顔だ。若き日の写真とあまりにも違っていたのである。食い入るように較べてみたが、共通点が見出せず、まるで別人だった。自信が揺らいだ。

問題は、ど真ん中に座る大室寅之祐という若侍だ。この若侍は、いったい何者か？　歴史隠蔽に加担する歴史学者は、「四六人撮り」にいろんな屁理屈を並べてしゃにむに別人にこじつけ、私の説を否定しようと試みてはいるものの、じゃ若侍は誰なの？　と問えば、急にプールで溺れそうな顔になって、口を閉ざす。学者はこの先、いったい誰を持ち出してくるか楽しみである。

これまで私が扱っているのは古写真だ。睨《にら》めっこのサシの勝負に、コツもなければ、これだという絶対的な手もない。ただただ本人だと称する写真と顔の輪郭、頭の恰好《かっこう》、顎《あご》、耳の形と位置、目、唇《くちびる》、首や肩のラインを見較べ、それに全体が放つ波動、着物、立ち位置などを分析する。ジグソーパズルの最後のひと欠片《かけら》が決め手になることもあるし、見たとたんに一発で分かる時もある。

慎重で苦労の果ての推理だが、すべての反論にも耐えられる完璧な解答は用意できない。パーフェクトは不可能だ。最も遠い顔から順に除外し、適度に正しければそれで良し、と見切りをつける作業を続けなければ前に進まない。前に進んでから、また資料と照らし合わせる。自信過剰は禁物だが、私の原点に立ち返れば、いつも吸っていて、他に吸うものがない場合は、あれやこれや、くよくよと空気を疑うことはしないのである。

3

明治天皇と南北朝

武士の世を終わらせ近代社会を目指したのが
明治革命だが、明治天皇すり替え作戦は闇に隠されていた。
前代未聞の危険きわまりない賭けは成功した。
秘密裏に行なったことは尊皇でもなく、攘夷でもなく、
南朝天皇の即位だった。
南朝天皇すり替えの秘密を共有した武士たちだけが
高級官僚に姿を変え、国家を支配した。
国家から給料をもらっている人間は、みな取り込まれる。周辺の既得権者も体制に呑み込まれ、嘘など目に入らない国を造った。
かくして偽りの天皇制官僚主義国家が誕生したのである。

嘘の連鎖、万世一系

情報の締め出し、非公開。

福島原発事故、リニア談合などの隠蔽《いんぺい》工作を見るまでもなく、日本には昔から隠し癖がはびこっている。

先進国なら事実と虚構の間に、争いが生じるはずだが、日本ではほぼ起きない。なぜなら、困ったことに政治家、学者、メディア、基幹産業が既得権を守るため、明治以後に築かれた官僚支配体制にひれ伏しているからだ。そのために論争すら起こらず、ほぼ完璧に封印が成功した。

支配層は昔から「隠蔽」「封印」の二文字を露骨に使わない。

何と言うか？　上から目線で「民《たみ》は之《これ》に由《よ》らしむべし。之を知らしむべからず」だ。

どういう意味かというと、庶民は命令に従わせろ、(本当のことは) 知らせるなという命令である。「由《よ》らしむべし」などというセレブな物言いで命じられると、下々は何となく、そうかぁ、お偉いさんの世界は知らない方がいいのだろうな、と妙に黙りこくってしまうのだから、巧《たく》みな言い回しではある。

西暦で紀元前660年に即位したとされる初代天皇・神武。なんと近代国家が公然と「万世一系」というフィクションを事実だと虚言した歴史がすべての始まりだった。（月岡芳年／画）

しかし、明治政府の負け組には釈然としないものが残る。残るが、下層の感情は操作され、より下流の弱者への差別に向かうよう仕向けられたのである。で、道徳観念が損《そこ》なわれ、怒りが弱者への暴力となる。自分が虐《しいた》げられているからだ。

誰が何と言おうが、「隠蔽」は「隠蔽」で「操作」は「操作」だ。支配層の抑制のない偽りは、はるか昔、畿内《きない》ヤマト政権の大王誕生と同時に俄然、拍車がかかった。

大王の椅子はかわいい我が子に渡したい。どうしたらいいのか？　そこで考えたのが血脈だ。

血脈を受け継いできた「万世一系《ばんせいいっけい》」をもって大王となす。で、先祖の血を神とつなげてしまったのである。

このめちゃくちゃな物語を無理やり押し通すには、すべてを隠蔽しないことには、とてもじゃないがもたない。

先祖が天孫降臨《てんそんこうりん》の神もフェイクなら、万世一系もあり得ない。嘘の連鎖だ。

高校時代にこれを言うと、担任は「君は周囲と違う見方をするなぁ。そんなことを大声で言うものではない。君はマルクスにカブレているのか？」と、叱責《しっせき》されたものだ。

私は規格外の人間かもしれないが、正直、共産主義も社会主義も好きではない。挑戦的な反日国家に囲まれている現実を見れば、軍備を整え、国土防衛は日本人の手で毅然と行なうべきであり、外務大臣たるもの一戦交《まじ》えてもいいという決死の覚悟で交渉に臨《のぞ》むべきだなどと思っていたくらいで、時々、右翼にも間違えられていた。

私は、正しいと思うことを口にしているだけであり、そうした言論だけが社会を変えるのだと信じている者だ。

高校時代、天皇の先祖が神とは思わなかったし、その血筋が一度も途絶えることなく連綿と続いているとも考えていなかった。だから、万世一系などと口が裂けても言えないだけで、なぜそれが悪いのか？　教師こそが、臆病であり、嘘つきだと失望していたのである。

血筋の証明

そもそも近世だって力勝負の世界なのに、古代や中世はもっとひどい。

支配者たらんとする者は、武力をもって玉座《ぎょくざ》を簒奪《さんだつ》する。善悪の基準など今とはまったく異なるから、暗殺、拉致、強姦……あらゆる行為が手段となっている。関心事は天下取りであって、モラルではない。こちらも命懸けなら、あちらも命懸け、ヨーロッパでもしかり、東洋でもしかり、衝撃的な新旧支配者の入れ替わりなど普通の現象で、旧支配者は、往々にして親族もろとも喉《のど》を掻《か》き切られ、根絶やしにされる運命だった。

そうしなければ、旧勢力が盛り返してこっちが根絶やしにされるからだ。

どう頑張ったって、歴史は綺麗事《きれいごと》ではすまない。支配者とその周囲の人間は虐殺、レイプ、幾度となく滅ぼされているのであって、これが古代、中世、近世のルールだ。現代だって複数の国で行なわれていることである。

今年（二〇一八年）、日本は皇紀《こうき》二六七八年を公言している。しかし、一〇〇〇年はおろか五〇〇年だって血脈が途絶えなかった支配家系など、世界のどこにもいない。常識的に考えても不可能だ。京都を見てみるがいい。一見、雅《みやび》ではんなりした街に思ってしまうかもしれないが、一一五六年の保元《ほうげん》の乱から一八六九年の戊辰戦争の七〇〇年あまりで、実に三五回もの戦いが起こっている。保元の乱以前を入れると、五〇回では済まないのではないだろうか。京都以外にどの街がこれほど死者を出し、戦火にまみれただろうか？

原因は覇権争い。いずれも、天皇が絡んでいる。「玉」をいかにして囲うか。「玉」をいかにして殺すか。その戦いであって、それ以外ない。それほど命が狙われているのである。

今どき「万世一系」を信じている学者や知識人はおるまい。もしいたとしたら、知識人でもなければ学者でもない。しかし、万世一系が国家の正しい歴史認識になっている。今どきバカげた話だが、現体制に寄りかかっている者たちは、黒塗り、紛失、偽装で説明責任を果たすことはせず、相変わらず「民は之に由らしむべし、之を知らしむべからず」だ。これが日本のスタイルである。

ではなぜ日本だけが、世にも類を見ない奇怪な「万世一系」なるものを編み出したのか？　必要性から生じたものだ。大きな理由はチャイナ。チャイナの冊封《さくほう》という制度である。

『漢委奴国王《かんのわのなのこくおう》』。

ご存じ、九州で発見された金印だ。この金印は、超大国「漢」が九州の博多エリアを縄張りとする「奴国」のボスを委（倭）の国王だと認めた証拠だ。

これが冊封である。

冊封とは読んで字のごとく、チャイナの冊の中に入って封じてもらうことだ。つまり皇帝から「王」の称号を授《さず》かって君臣関係を結ぶことで、早い話が子分だ。卑弥呼《ひみこ》も、チャイナの「魏《ぎ》」から「親魏倭王《しんぎわおう》」の称号をもらっている。

冊封を受けるとメリットがある。メリットがあるから受けるのだが、一番は軍事的な保護だ。『魏志倭人伝』でも窮地に陥《おちい》った属国、卑弥呼の邪馬壱国《やまいこく》連合を救うべく、「魏」は救援の軍師を送って味方した、と記されている。

軍事的保護だけではない。

最新武器、銅銭、貿易、農業、土木、治水、工業、政治……シビレるほどの技術が入手でき、あらゆる分野で周辺の競争相手の国々を桁違いに凌駕し、強国になれるのだ。倭の王にならんと欲すれば、チャイナの冊封を必要としたのである。

皇帝に認められなければ、天下は取れない。

これは近代でも同じことだ。

江戸末期、幕府と薩長側が、それぞれ競って国として認めるよう英国に働きかけている。

イスラエルは建国前、大国アメリカに承認されるか否かで深刻な議論がなされている。

もし承認してくれないのであれば、建国をあきらめるとさえ発言しているのだ。

強国の力というのはそれほど大きく、古代のチャイナは、幕末のイギリス、現代のアメリカに匹敵した。

ところが日本列島には冊封を狙う勢力が九州、出雲《いずも》、近畿、広島、四国……いたる所にのさばっていた。

『魏志倭人伝』によれば、倭には一〇〇の国があり、そのうち三〇が魏に使いを出して関係を持っている。

当時の様子は『宋書《そうしょ》』（四七八年）でも分かる。

〈東征毛人五十五国、西服衆夷六十六国……〉（倭国王、武《ぶ》の上奏文）

倭国の武王は、一二一の国をやっつけて領土を拡大したのだから倭国王と認めてくれと宋に頼んでいるのである。

一二一というその辺の小《ち》っちゃな集落も国に格上げして換算したホラ勘定だが、いくつもの国があったという黎明《れいめい》期の雰囲気が伝わってくるはずだ。

各地の王が、我も我もとデビューすべく朝貢する。だから「倭国の使者はどれが本物なのか信用できない」などという文も、チャイナの正史には残っている。

「我が親分を、倭国王に認めていただき、ぜひとも冊封を」

倭国の使者が訴える。しかしチャイナにしてみれば、日本列島など遠すぎてよく分からない。

「こやつが、本当にふさわしいのか？」

倭国に派遣している駐在大使は、カネと女を宛《あて》がわれて、骨抜きにされている可能性もあるのであてにならない。また殺され、他人が駐在大使に成り済ましているかもしれないし、不謹慎にも逃亡独立して一大勢力を築き、ちゃっかり新王となりながら、適当で都合のいい報告をしてきているかもしれず、その辺は霧の中だ。

「信じてください……」

「うむ、この前も倭王を名乗る使者が来たぞ」

「そやつはニセモノです」

「しかし、その前にも違う名前の倭王だという遣いが来ておる……ならば、そやつらを滅ぼしたのか？……おぉそうじゃ、朕《ちん》が認めた先代の倭王はいかがいたした？」

明治天皇の「御真影」。似ているようで、まったく似ていない肖像画だ。これを写真に撮って全国にばら撒《ま》いたのだが、イタリア人技師キヨソーネは、天皇と同時に、天皇の朝敵となった西郷隆盛の肖像画も描いている。奇怪な話だ。

先王は仮にも冊封を受けていた由緒正しき王であるからして、「ぶっ殺した」などと口が裂けても言えない。

で、一番疑われず無難なのが、先代の「子供」、年代的に計算が合わなければ「弟」という成り済ましだ。写真のない時代だから、オレオレ詐欺より簡単ではないだろうか？

「先王は父です。病死する前に、実の子供である我が君に、穏やかに玉座を譲られました」

これが一番丸く収まる。

「おぉそうか、親子か。ではそちらが倭王じゃ」

次も、その次も、先王からの禅譲の連呼。

血筋は強い。親兄弟には勝てない。説明不要、証明不要で、万事が丸く収まる。ここに「万世一系」という嘘の連鎖、摩擦のない冊封ツールが誕生した。

これが原点だ。後に科学が発達し、民主主義が導入されても抑制が効かず、国民を大規模に騙《だま》すことになるのである。

「万世一系」はチャイナだけでなく、意外にも国内的に力を発揮した。他の多くの国々は嘘でも何でも「血脈」に退き、認めた。見えないのに、それがなければ宇宙が存在しない暗黒物質のように血脈は玉座を引き寄せたのである。威力を倍増させたのは『日本書紀』だ。

天皇を神と結び、それからダーッと無理やり全部つなげて、「万世一系」にしてしまったのである。文字は強い。一度、正史として国の書庫に安置されると、たちまち真実となって権威が宿った。

『日本書紀』編纂を命じたのは天武《てんむ》天皇だ。

デビュー本番にそなえて万世一系を強調し、政権を盤石にする目的で偽造したものであって、裏を返せば、天武は「万世一系」ではない可能性が高い。先皇から外れているから『日本書紀』でつなげたということだ。

ここに驚愕の証拠がある。

倭の五王だ。

チャイナの正史によると、四一三年から五〇二年の間に倭の「讃《さん》」・「珍《ちん》」・「済《せい》」・「興《こう》」・「武《ぶ》」という五王が立て続けに朝貢し、「東晋《とうしん》」や「宋」から冊封を勝ち取っている。

もう一度書く。「讃」・「珍」・「済」・「興」・「武」だ。

「讃」の弟が「珍」だ。次の「済」については、「珍」との血のつながりは記されていない。「済」の子が「興」。「興」の弟が「武」である。文面上、「珍」と「済」は断絶している。

讃（兄）―珍（弟）

済（父）―興（息子）―武（弟）

五王の狙いは朝鮮半島の支配権だ。

「使《し》持《じ》節《せつ》都督《ととく》倭・百済《くだら》・新羅《しらぎ》・任那《みまな》・秦韓《しんかん》・慕韓《ぼかん》六国諸軍事安東《あんとう》大将軍倭国王」。これ全部で一つの称号だ。要するに朝鮮半島はみな自分が実効支配しているので、それを認めていただきたいと言っているのだが、しかしだ。

『古事記』や『日本書紀』に五王の名はおろか、朝貢の話だって出てこない。

なぜなのか？

チャイナの属国だと書けば、格好が悪いからだろうか？　そんなことはない。逆だ。むしろ冊封は名誉だ。大々的に記して自慢するはずだ。なぜ、きちんと書かなかったのか？

大阪府堺市の上石津ミサンザイ古墳。宮内庁は履中天皇陵としているが……。
写真／時事通信フォト

考えられることはただ一つ。五王なるものが、『古事記』や『日本書紀』の舞台になった畿内ヤマト政権と無関係だったとしたらどうだろう。そう考えれば、すべての謎は解ける。

五王は、畿内ヤマトではなく、九州王朝の王だった。それなら『日本書紀』は畿内ヤマト政権が編纂したのだから除外するはずだ。

九州王朝と畿内王権。別モノである。だから除外したというより、五王についてはよく知らなかったので書けなかったのだ。

こう言うと、反論する人がいる。

五王はいずれも履中《りちゅう》、反正《はんぜい》、允恭《いんぎょう》、安康《あんこう》、雄略《ゆうりゃく》の天皇の漢風名ではないかと。たしかにそういう説はあった。

だが各天皇の在位年数と五王はまったく合わ

ないし、その前に彼らは後になってこしらえた架空の天皇で実在の可能性は低いのだ。『日本書紀』にチャイナ朝貢の欠片《かけら》もないのもおかしい。他に辻褄の合わない点がいろいろあって、最近の学界では流行《はや》らない。そして喜ばしいことに、五世紀の畿内ヤマト政権の王は特定の血に固定されていなかった、と「万世一系」を否定する学者の数が増え、私の説にぐんぐんと近づいてきているのである。

私は三、四世紀の畿内ヤマトは「世襲《せしゅう》王」やら「叩き上げ王」が対立し、激しく争う古代戦国の世だったと見ている。そして、こと五王に関しては、九州王朝だと確信しているのだ。

根拠は腐るほどある。が、詳しくはどんな古代史より一〇倍面白くて一〇〇倍役に立つ拙著『舞い降りた天皇《すめろぎ》』および『失われたミカドの秘紋』を読んでいただくとして、ここでは大ざっぱな解説にとどめることにする。

天皇誕生

一世紀、漢に冊封された倭王が奴国《な》、つまり九州王朝であったのは一〇〇パーセント間違いない。その流れで、卑弥呼がいた。

ここから私が推理した古代史の部屋に入ってみよう。四〇〇年ころから五〇〇年までチャイナに朝貢していた讃、珍、済、興、武の五王も全部、九州王朝、都は「都府楼《とふろう》」という雅《みやび》な地名を持つ大宰府《だざいふ》にあった。

「都府楼」は都《みやこ》のことであり、「大宰」はチャイナ皇帝を補佐する最高職で、それに「府」が付くと中央軍本部都市という風景になる。

やがて九州王朝は呪術氏族集団を畿内に送った。理由は、①唐の侵略から大事な政《まつりごと》を守るための機内移動先発隊。②占いのお告げ。③近畿を支配統合するため。この三つが考えられる。

九州王朝の畿内出先機関設置は比較的、平和的なものだった。すなわち、まだ畿内勢力は小粒で本場から来た呪術《じゅじゅつ》儀礼、統治能力を仰《あお》ぎ見て、ひれ伏す部族が多かったというのが私の見立てだ。

畿内にゴージャスな前方後円墳が急に増え始めるのはそのためだ。

ところが、やはりと言うか当然と言うか、呪術学問窓口であっても畿内に錨《いかり》を下ろした九州王朝の出先機関は野望にかられ、独自に振る舞いはじめる。旧勢力を婚姻、イビり、陰謀、抹殺……統合しながら畿内でめきめき力をつけてゆくのである。

いつの間にか大きくなる。九州本部ですら手を焼く始末だ。何とかしたいのだが、折りしも朝鮮半島に兵の多くを持っていかれているので、それどころではない。

ついに放っておけなくなった九州本部は、軍担当豪族を差し向ける。

これが五〇七年に、畿内ヤマト政権を掌握した継体《けいたい》天皇だと見ている。継体の名の由来は、九州王朝という母体を継いだという意味ではないかと思っている。むろん継体は、前天皇だと記されている武烈《ぶれつ》との血のつながりはなく、それは宮内庁御用達の『歴代天皇総覧』でもそうなっている。

言ってみれば政府自ら「万世一系」をここで否定しているのだが、こう明確だと、どう転んでも繕《つくろ》えなかった。

九州王朝の眼はもっぱら朝鮮半島に向いていた。常在戦場で、百済と同盟を結んだ三六九年から約三〇〇年間、朝鮮半島に設けた倭の本拠地に軍隊を送って戦い続けていたのである。

倭軍は六六三年に大ドジを踏み、「白村江《はくそんこう》の戦い」で決定的な敗北を喫する。ここで注意しなければいけないのは、畿内ヤマトが「新羅」に負けたのではない。「九州王朝」の

乗馬姿の明治天皇。こちらも写真ではない。「御真影」と言われる絵だ。
Roger-Viollet

水軍が「唐」の水軍に負けたのである。

これで九州王朝が決定的に躓《つまず》く。

いつ唐が攻め込んでくるか知れたものではない。大宰府は防衛強化を急いだ。で、防衛土木工事を進めつつ政庁を日本列島深く移動させ、本格的に畿内に定着した。

すでに九州王朝が送った継体は死に、畿内は天武が治めている。

私は、畿内ヤマトをほぼ掌握していた天武は同盟国、百済の亡命勢力のボスだと思っているのだが、畿内でのし上がっていた天武は九州王朝を迎え入れる。しかし弱体化しているのをいいことに反旗を翻《ひるがえ》し、最後には呑み込んでしまうのである。

これが六七二年に起こった壬申《じんしん》の乱だ。九州王朝の倭王を殺し、滅亡させたシーンではないかというのが私の説だが、とにかく偽りとごまかしのリメイク版壬申の乱では不都合な真実に手を入れ、いろいろいじくっているから、ちゃんと読み込みさえすれば随所に妙な部分がたくさんあるのが分かる。

百済亡命人ボスの天武はそれまで使っていた倭国の称号を捨て、初めて「日本」を名乗った。つまり、「倭国」の九州王朝を滅ぼして自分の「日本」を名乗ったのであって、これは建国宣言である。

『旧唐書《くとうじょ》』に「倭と日本は別だ。かつて小国だった日本が倭を呑《の》み込んだ」と書かれているとおりだ。いや、そうではない、「倭国」＝「日本」だ、と主張する人は次の現実をどう説明するのだろうか。「倭国」が「唐」と戦っている最中、「日本」は「遣唐使」を送っているのだ。

その一端が垣間見えるのが、造船技術だ。九州王朝は何万人という軍勢をバンバン朝鮮半島に繰り出す船と航海術を持っていた。しかし畿内ヤマトに造船技術はない。

畿内ヤマトの遣唐使の渡海成功率がたったの五〇パーセントだったというレベルの低さも、これらを考えると頷《うなず》ける話だ。

その後、日本は畿内に藤原京《ふじわら》（六九四年）を造ってゆくのだが、九州王朝が滅んだ理由はただ一つ、チャイナと戦い、冊封を受けなかったからだ。

たしかに九州王朝は、五王までは冊封を受けていた。しかし倭の力が強くなったのと相《あい》俟《ま》って、チャイナが内乱に突入。すっかりモザイク国家となり、冊封どころではなくなったのである。

九州王朝はついにチャイナと断絶し。血のつながりのない畿内ヤマト政権のボス天武は、落ち目の九州王朝を切り、独自の遣唐使を送り出し、チャイナの人材をリクルートし

吉野にある吉水神社は650年ころに建てられている。ホームページによれば、創設したのは日本史上屈指の妖術使い、役《えんの》行者《ぎょうじゃ》だ。これだけでも興味津々だが、672年には大海人皇子（天武）が吉野に立てこもって壬申の乱を起こし、1185年には追手を逃れた義経と弁慶が潜伏している。その約150年後、後醍醐天皇が潜居する。つまり南朝（吉野朝）の皇居となったのである。役行者→天武→義経→後醍醐……吉野には魔性の何かが宿っているようだ。

後醍醐天皇像（清浄光寺蔵）

て最新の国家体制を整えてゆくのである。

そのとき威力を発揮したのが、チャイナの正史を真似《まね》て作った『日本書紀』、そして「大宝律令」だった。

天皇制官僚主義の誕生である。

北朝と南朝――その正統性をめぐる暗闘

天皇は一人でなければならない。成り済ましでも何でも、座ってしまえばこっちのもので、何人《なんぴと》もけっして侵《おか》すべからず。書き換え、偽装、万世一系というルールに合わせる。

だがどんなに曲げても嘘の連鎖だから、どうしてもムリな場合があり、それは歴史上、奇怪な形となって現われる。

京都と吉野《よしの》に、二人の天皇が並立した南北朝時代だ。

むろん歴史的に「天皇」を名乗った人物はざらにおり、それぞれが実力行使に及んで、力勝負に出た史実だって珍しくないのだが、隠蔽せずにこうも赤裸々《せきらら》に日本の正史として記録してしまったということが、実に奇怪なのである。

二人天皇を刻み込んだのは明治政府だ。

「北の京都」と「南の吉野」。同時に二人の並立、ゆえに南北朝時代という。

天皇の後嵯峨《ごさが》は、八八代目だ。おめでたきダブル末広がりなのに安定せず、後継者で大もめにもめた。

兄の後深草《ごふかくさ》と弟の亀山《かめやま》の対立。

兄弟だが、本当の兄弟かどうかは疑問だ。何せモラルが異なる時代である。側女《そばめ》や女官がわんさかいるし、そのうえ人目を盗んで、側室や女官とネンゴロになるフラチな公家もいる。

こういう場合、母親だけが分かっているはずなのだが、その本人だって毎晩乱れていれば保証はない。DNA鑑定というわけにいかないから、父親は深刻だ。それはともかく兄弟戦争は拡大し、後深草は持明院統《じみょういんとう》を、亀山は大覚寺統《だいかくじとう》を名乗った。

公家を二分する争いである。

遺恨はくすぶり続ける中、亀山の孫、後醍醐が即位した。

「二つの系統」に分かれた皇位継承

後嵯峨天皇退位後、皇位をめぐり二つの血統が対立。やがて南北朝の分裂に至る。和睦（南朝が降伏した）は、後亀山天皇が第100代の後小松天皇に神器を譲渡する1392年のことである。
※系図中の数字は即位の代を示す。北朝は、北1〜北5となる

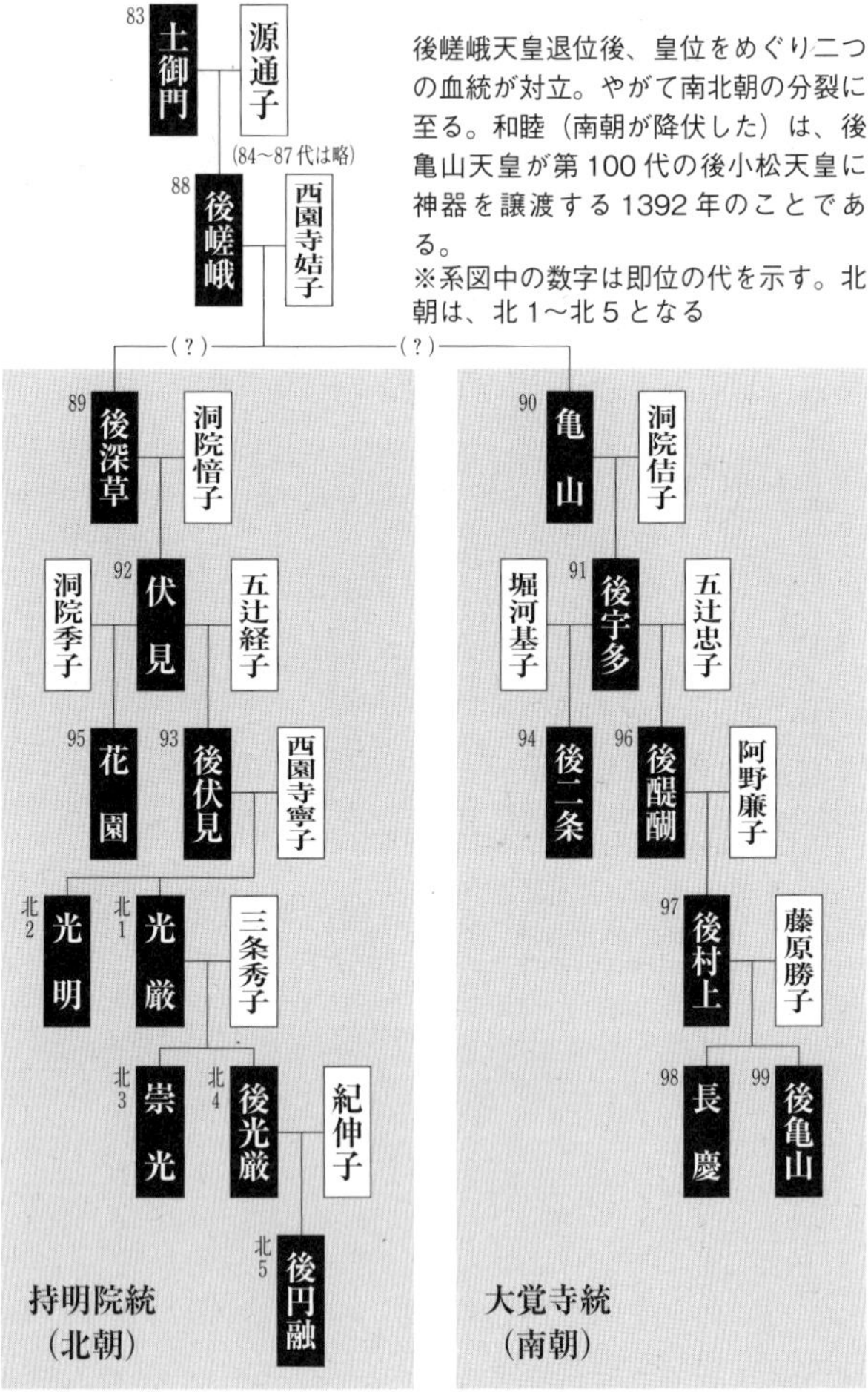

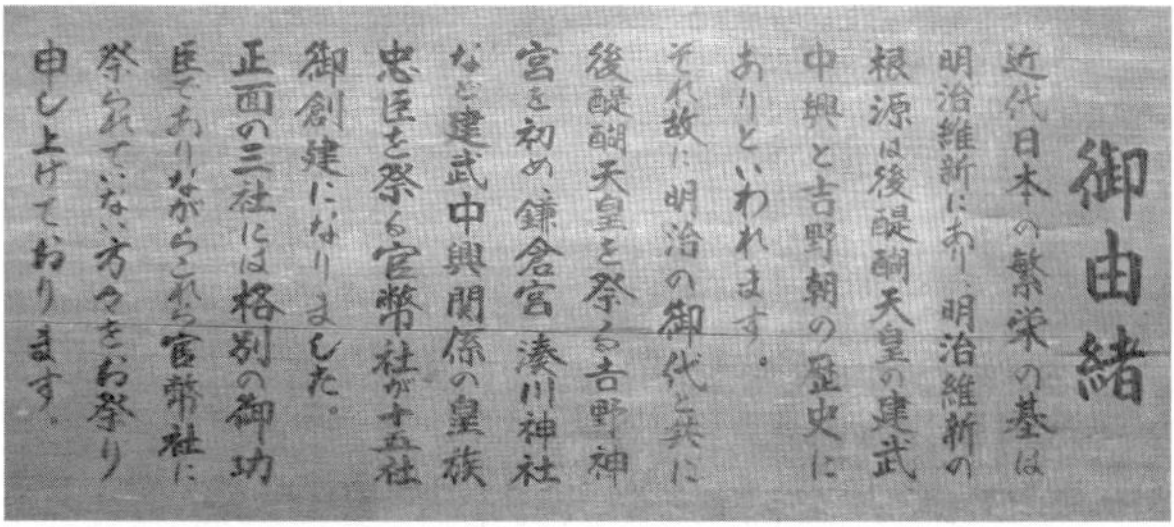
御由緒
近代日本の繁栄の基は
明治維新にあり、明治維新の
根源は後醍醐天皇の建武
中興と吉野朝の歴史に
ありといわれます。
それ故に明治の御代と共に
後醍醐天皇を祭る吉野神
宮を初め鎌倉宮湊川神社
など建武中興関係の皇族
忠臣を祭る官幣社が十五社
御創建になりました。
正面の三社には格別の御功
臣でありながらこれら官幣社に
祭られていない方々をお祭り
申し上げております。

拙著『幕末 維新の暗号』で、吉水神社の御由緒の写真を掲載した。すると、当局から圧力があったのか、はたまた自主規制かは知らないが、すぐさま御由緒を引っ込めたのである。何がまずかったのか？〈……明治維新の根源は後醍醐天皇の建武中興と吉野朝にあり……〉という明治天皇すり替えを暗示する書き方だろう。神社が看板を下ろした気持ちは分かる。しかし、引っ込めてももう遅い。本は出版され、写真は保存されている。

とたんに父、後宇多《ごうだ》を潰しにかかった。兄弟戦争、そして今度は親子戦争だ。

私の推測では、後醍醐は父の後宇多の子ではなく、噂どおり祖父、亀山の子供だと思っているのだが、それは置いておくとして、後宇多を擁立する北条《ほうじょう》鎌倉幕府に対して、後醍醐は渾身《こんしん》のクーデターを試みた。

で、後醍醐は返り討ちに遭うものの、そんなこれは絶対に渡さんと、子供のケンカみたいに銃、玉、剣の三種の神器をかっさらって吉野に逃げ込んだのである。

これが、吉野の南朝だ。

南朝のビッグスター、楠《くすの》木《き》正成《まさしげ》が後醍醐に味方して活躍するのはこのあたりからである。

鎌倉幕府だって黙っていない。

「三種の神器泥棒！」

北朝は悔し紛《まぎ》れに叫んで、そっちがそうならこっちはこうだ、とばかりに持明院統の天皇を擁立し、京都で即位儀式を敢行した。

これが北朝天皇第一号、光厳《こうごん》天皇だ。

互いに譲らない。

北朝が光厳→光明《こうみよう》→崇光《すこう》→後光厳→後円融《ごえんゆう》と五名。

南朝が後醍醐→後村上《ごむらかみ》→長慶《ちようけい》→後亀山と四名。

それぞれが天皇を出したところで南北朝が和睦し、めでたしめでたしと教科書には書かれている。

しかし「南北天皇合一」などと称しているものの、どう取り繕おうが、実態は進退きわまった南朝が降伏し、その後、万世一系から南朝系の血脈は除外されたのである。

したがってそれ以後の天皇は、北朝の血一筋ということになる。むろん現代の天皇も表向きは北朝だ。

しかし、改めて皇位継承図の南北朝時代（P78）を見ていただきたい。

後醍醐が九六代、後村上九七代、長慶九八代、後亀山九九代。

対する北朝天皇は、情けなくも光厳が「北一」で、以下「北二」、「北三」、「北四」、「北五」と、どこかの街の住所のような扱いだ。勝ったほうが外野席に置かれているのだ。

戦に負け、血脈が途絶えた南朝が正統と認められ、勝った北朝が疎《うと》んじられているのだ。何がどうなったら、そんなことが起こるのか？

どう考えてもおかしい。

歴史など、いくらでもいじられるのに、明治政府はなぜ現北朝天皇の祖先を傍流とし、殺そうとした憎《に》っくき敵の南朝を主流としたのか？　敬《うやま》うべき祖先を北一、北二、北三などと侮蔑的に正史に刻んだのか？

これを奇怪と言わずして、何を奇怪と言うのか。無視するわけにはいかない。

しかし、こう考えたらどうだろう。もし天皇がどこかの時点で、南朝天皇にすり替わっていたとしたら、辻褄が合う。

そう、すでにお分かりのとおり、明治維新のどさくさ時に、北朝天皇から南朝天皇にすり替わっていたのである。

革命軸は南朝

手品、トリック、こじつけ、詭弁《きべん》、権力発動……支配者は「万世一系」を手放さない。万世一系に神をつなげて権威を付ける。目に見えない威光という特別な力を有する天皇を動かすだけで、人心を掌握できるのだ。

南朝の天皇とすり替えて利用したのが明治政府を牛耳《ぎゅうじ》った面々である。維新など一皮むけば一目瞭然、革命の志士はみな全員南朝崇拝者である。

明治維新の革命軸は、南朝なのだ。

南朝思想の出所《でどころ》は水戸黄門《みとこうもん》、つまり徳川光圀《とくがわみつくに》だ。彼が編纂を命じたのが『大日本史』であって、これを水戸学という。

水戸学の中身を手っ取り早く言うと、南朝を正統とした南朝再興のための学問だ。

なぜそんなものが飛び出したのか。早い話が、将軍家の世継ぎ問題だ。江戸と水戸。一字違いだがその差は天と地ほどある。徳川御三家の水戸から将軍職を出したい。その一心で江戸の現将軍の正統性を攻撃したのである。「今の将軍は、正統でない北朝天皇が認可したので不当だ」というわけだ。

現将軍とワンセットの北朝天皇は正統でないからヒッコメという論法だ。その挙げ句、幻の南朝天皇をかつぎ出し、それに乗っかって引きずり降《お》ろそうとしたのである。これが水戸学だ。倒幕を目指す外様大名で一大ブームが巻き起こる。

噂を聞き付けた反体制派の志士たちが西南から馳《は》せ参じる。佐久間象山《さくましょうざん》、吉田松陰《よしだしょういん》、横井小楠、西郷隆盛……水戸は、さながら南朝思想のメッカで、訪問者は錚々《そうそう》たる面々だ。

無能なトップは取り替えろ！　と主張した横井小楠は、福井藩の事実上の藩主、松平《まつだいら》春嶽《しゅんがく》に気に入られた幕末屈指の思想家だ。

いつも頭が回転していて、何か思いつくと平気で相手の会話を遮断《しゃだん》してしまうタイプだが、小楠という名は南朝武将、楠木正成（以下「楠公《なんこう》」）の「楠」を使っている。名前の「楠《くすのき》」をいただき、本人は小さな楠、小楠を気取るほどの南朝革命崇拝者だ。そこで、小楠の所には勝海舟、坂本龍馬が通っている。

西郷隆盛をはじめ、大久保利通を先頭に薩摩の偉大なる革命家たちは、全員が楠公を祀《まつ》る結社「精忠組《せいちゅうぐみ》」のメンバー、これまた南朝崇拝者である。

特に西郷は南朝の九州武将、菊池《きくち》家の子孫だ。家紋は抱き菊の葉と菊。西郷の変名は菊池源吾《げんご》、逆から読めば「吾《われ》、源《みなもと》は菊池なり」である。西郷はあくまでも菊にこだわっている。また西郷南州《なんしゅう》という名も使用し、南朝への思い入れにはすさまじいものがある。

官軍が掲げた錦《にしき》の御旗《みはた》、菊の御紋は、当初西郷軍を鼓舞するためのものだったという説は無視できない。もともと天皇家と菊の縁はそれほど濃くない。戊辰戦争でやかましく浮上しただけで、むしろ薄い。それを考えるとあながち嘘とも言えず、多分にそういう側面もあったのだろう。もちろん菊と水（菊水紋）は楠公の家紋でもある。

明治になって急に「菊」だらけになり、現代のパスポートの表紙にまで及んでいるが、あれは南朝武将・楠公と西郷の影響だ。

佐賀藩の「義祭《ぎさい》同盟」も、楠公親子を祀る南朝崇拝の結社だ。江藤新平、大隈重信、副島種臣など多士済済《たしせいせい》の顔ぶれである。江藤の雅号《がごう》は南白、彼もまた南朝に入れ込んでいる。

勝海舟の家宝は、南朝の後醍醐天皇の子、護良《もりよし》親王の刀だ。幕長《ばくちょう》戦争講和の折、わざわざ護良親王の南朝刀を持参し、己《おのれ》も南朝だと長州側に示すべく、これみよがしに厳島《いつくしま》

洋装の明治天皇（内田九一撮影）。正真正銘、生身の明治天皇。P88の大室寅之祐と較べてみれば、一目瞭然だ。耳の形までも一致する。

神社に奉納している（『氷川清話《ひかわせいわ》』）。

土佐藩の坂本龍馬は、南朝刀を家宝に持つ勝海舟の弟子で、横井小楠とも親しかった。この二つの事実を見ても確信犯だ。そして彼がリーダーになった亀山社中。名は、亀山（当時の長崎に、その地名はない）に設立したからではなく、南朝の父、亀山天皇からいただいた名称だ。

亀山社中は南朝崇拝者の溜まり場で、商社などではない。

同じく土佐藩の中岡慎太郎《なかおかしんたろう》。彼が造った陸援隊《りくえんたい》は五〇名ほどの十津川郷士《とつかわごうし》で成り立っている。

十津川郷士は古《いにしえ》より吉野に住み、後醍醐天皇を守った南朝の守護神だ。すなわち南朝守護神のボスが中岡なのである。

長州に隠された秘密

さて問題は長州だ。すべてが隠されている。

それもそのはずで、代々長州（山口県田布施《たぶせ》）に匿《かくま》われていた南朝の末裔《まつえい》、大室寅之《おおむろとらの》

楠木正成像。デカイ！　デカ過ぎる！　なぜ北朝天皇の皇居外苑に南朝の英雄がどっかりと建っているのか？　北朝の敵武将だ。建てるなら北朝武将足利尊氏であるべきだ。これに疑問を持たない人間は、頭がイカれている。

家紋。左に楠木正成の「菊水」。右に西郷隆盛の「抱き菊の葉に菊」。真ん中が明治になってやかましく浮上した天皇家の「菊」の御紋。「菊」の突破力は凄まじい。

長州にいた、南朝の血脈を持つという大室寅之祐。口伝によれば「七卿落ち」で田布施町に寄った三条実美は、一目で気にいったという。写真の高貴な風貌から、帝王学がかなり身に付いてきたあたりだ。帝王学の教師は、フルベッキと三条実美以外は見つからない。この若侍が明治天皇でなければ、真ん中の特別席に座っている少年は、いったい誰なのか？　答えていただきたい。

束帯姿（内田九一撮影）。貴重な明治天皇の写真。大室寅之祐と同一人物と推測する。明治トリック。深入りしたくない弱虫は「見ざる、聞かざる、しゃべらざる」を貫くことを勧める。それ以外の人は、国の成り立ちを見つめ直していただきたい。

祐《すけ》が、明治天皇として即位したと考えれば、徹底的にシラを切らなければならなかった事情が理解できる。

ここで長州の思想家、吉田松陰を考えてみたい。「先生、先生」と敬われているものの、彼の偉業というのが分からないはずだ。真相が隠されているためだ。

大思想家だというが、肝心の思想は見えず、大したこともしていない。それどころか、荒唐無稽な密航に挑戦して失敗したとか、家老を殺そうとして手のつけられないジジイだと生徒に止められる。伝わってくるのはアホのような話ばかりで、その挙げ句が安政《あんせい》の大獄で切腹だ。

どこをどう調べても、かえって長州の面汚しのようなことしかしておらず、成果ゼロなのに、長州藩も明治政府も世田谷《せたがや》にわざわざ松陰神社まで造って神にするという異常なほどの持ち上げ方である。

松陰はなぜそれほど有名なのか？　と感じていたところ、正体をちらりと垣間《かいま》見たのは、吉田松陰名誉回復の場面だった。

一八六四年（元治《げんじ》元年）五月二日、山口明倫館《めいりんかん》でのことだ。そこで楠公祭を行なったのだが、その時、松陰を併《あわ》せて祭祀したのである。楠公祭で神になった松陰。手応えあり、これで充分だ。やはり松陰は、南朝の崇拝者だったのだと確信した。

高杉晋作、桂小五郎《かつらこごろう》、伊藤博文たちに、「長州に囲っている南朝の子、大室少年を天皇にすべし」という仰天プランを企画し、松下村塾《しょうかそんじゅく》で教えた。だとすれば、その天皇すり替えが成功したのだから、とんでもない功績である。辻褄が合う。

「松」という字をばらせば「木＋公」だ。松の陰《かげ》に楠公が隠れているので「松陰」と名乗ったのだ。塾は楠公の下にある。まさに松下村塾。そう感じるのは、妄想ではない。

明治天皇の謎

明治天皇（睦仁《むつひと》）は謎だらけの人物だ。列挙してみる。

謎の①　一三歳くらいまでの睦仁は小柄で線が細く、病弱で女の子のようだった。父親の孝明天皇は息子の病弱を心配し、徳川家茂《いえもち》と相談、いざという時の備えとして共に華頂《かちょうの》宮博経《みやひろつね》親王を猶子《ゆうし》とした。
猶子は養子みたいなものだ。孝明、家茂、外国人嫌いの反英国派二人がバックアップす

中央が孝明天皇の子、睦仁だと言われている。本来なら明治天皇になるべき子供だ。もう一人、幼き華頂宮博経親王という見方もある。

る猶子。病弱な睦仁の代わりだ。反英国、公武合体の証《あかし》として、万全を期した真実を噛《か》みしめてほしい。

ところが親の二人が先に急死。むろん暗殺の噂が飛び交った。で、あれほど弱々しかったのに明治天皇に即位したとたん、一七〇センチの骨太《ほねぶと》偉丈夫《いじょうふ》となる。当時の平均身長から言えば、今の一八〇センチだ。

謎の② 明治天皇は相撲も腕相撲も強く、侍従だった無刀流の創始者、山岡鉄舟《やまおかてっしゅう》と互角だったというのだから、歌会やらカルタなどに興じていたお公家さんではない。

公家の幼年教育は書、茶道、舞、歌などで、身体を鍛える風習もなければ、朝廷内

華頂宮博経親王。睦仁が病弱で女々しく、世継ぎにふさわしくないと感じた孝明天皇と徳川家茂将軍は、いざという時のリリーフを育てていた。それが、この親王だ。ところが天皇、将軍の２人が不思議なタイミングで死亡。大室寅之祐という南朝の血を引くクローザーが長州から出現し、リリーフは不要になる。25歳で死んだこの若者の悲劇と奇怪な運命は拙著『幕末 戦慄の絆』に詳しい。

にそんな係もいない。

なぜ明治天皇は強かったのか？　少年時代、野山を駆け回り、相撲で遊んでいた別の子なら合点がいく。

謎の③　公家は絶対に馬に乗らない。天皇の乗り物は牛車《ぎっしゃ》だ。

これが古《いにしえ》からの仕来《しきた》りであり伝統だ。ところが「天皇親政」「王政復古」を標榜したくせに、明治天皇はそれまでのルールを捨て、馬にまたがっている。むしろ乗馬には目がなく、プロはだしで、どう見ても幼き時から慣れ親しんでいた手綱《たづな》さばきだ。別人である。

謎の④　公家は強制的に右利きに直されるが、明治天皇はサウスポーのままだ。

謎の⑤　筆跡が、幼いころとまるで違う。
謎の⑥　外国人嫌いの父、孝明天皇の影響で、一緒に攘夷祈願をするほどの外国人嫌いだったのだが、維新後ころりと変わった。英国王室大好き人間になり、ワインをがぶ呑みし、洋服を愛用、ダイヤモンドはクレージーなほど収集した。
日本の伝統文化を踏みにじる行為。人間、そうそう心から変われるものではない。
謎の⑦　そのくせ、金貨や切手に自分の肖像を載せず、顔を隠している。ヨーロッパのロイヤル・ファミリーは写真を交換するのが習慣だが、それすら嫌ったのである。
なぜ顔を隠したのか。バレるのを恐れたのだ。
一応、神秘性を保つためだという、もっともらしい理由をバラまいているが、こじつけにすぎない。数枚の写真の存在は自己顕示欲の現われだが、それが公開されたのはずっと後のこと、身元を隠している。
謎の⑧　明治時代、官憲が日本中を回って、天皇の写真を回収している。
謎の⑨　明治天皇は自分の意思で、敵の南朝を称《たた》えた。
後醍醐天皇を祀る吉野神宮を皮切りに、楠木正成を祀る湊川《みなとがわ》神社、新田義貞《にったよしさだ》の藤島《ふじしま》神社など、南朝ばかりを敬って一五の神社を建てているのだ。

これはあり得ないことで、アメリカの大統領が今になって、いたる所に東條英機《とうじょうひでき》を崇拝する教会を建ててやったようなものだ。しかし、明治天皇が南朝なら頷ける行為だ。

謎の⑩　明治天皇四三歳の時、皇居に南朝の英雄、楠木正成の銅像を設置した（P87の写真）。

楠木正成は、祖先を殺そうとした極悪人だ。正常な感覚なら銅像は味方の北朝武将・足利尊氏であるべきだ。本来なら目の毒、心の毒ではないか。明治天皇が南朝天皇だから安眠できるのだ。

謎の⑪　明治天皇が死ぬ一年前、突然帝国議会で南朝を正統とする大議論が巻き起こる。で、明治天皇自らが南朝が正統であるというご聖断を下した。自分の先祖を否定するなど本来ならご乱心だが、南朝天皇ならこれも納得する。

謎の⑫　天皇の妻を「皇后」という。

しかし明治神宮の祭神で明治天皇の妻、一条美子《いちじようはるこ》は「皇后」ではなく、驚くなかれ「皇太后」となっている。「皇太后」なら妻ではない。自分の母親のことだ。宮内庁も神宮側も、このとんでもない間違いを正式に認めている。しかし、明治天皇がそれでいいと言ったから直しようがない、の一点張りで、今も「昭憲《しようけん》皇太后」のままである。

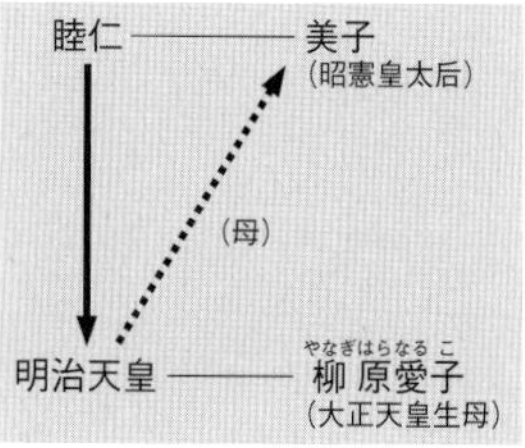

およそ一〇〇年にわたって妻を母親とする誤記を放置。ミスった責任者は市中引き回しの打ち首にでもなっているかと思ったら、そういう話はない。

いったい、いかなる理屈で、宮内庁と神宮は滅茶苦茶な振舞いを押し通しているのか？　つまり「皇太后」で正しいからだ。

こういうことである。

美子は孝明天皇の本当の子、睦仁親王と結婚していた。これは歴史上の事実だ。その睦仁が、そのまま明治天皇になっていれば問題はなかった。しかし天下取りに倫理はない。その後、睦仁が余所《よそ》へやられ（殺害説濃厚）、すり替わった大室寅之祐が明治天皇として即位した。

こういう流れだから、明治天皇にしてみれば美子は先人の妻で自分の母親、つまり「皇后」ではなく「皇太后」を嵌《は》め込んだのだ。

無理やり「万世一系」を取り繕うと、どうしても綻《ほころ》びが出る。

明治天皇は、己《おのれ》の出自のすべてを明かしたかった。正常な人間なら、誰でもそう思う

一条美子。明治天皇の妻だが、２人は生涯、ほとんど会わなかった。死ぬ時でさえだ。死後「皇后」ではなく、明治天皇の「皇太后」になる(昭憲皇太后)。皇太后とは天皇の母親のことだ。

はずだ。不可能ならば、せめて死んだ後でもいいから真実を打ち明けてくれ！　と命じていた。

何が何だか分からぬうちに幕末の動乱期、玉座に着いた大室寅之祐。まだ一六歳である。やがて自我が確立し、成人する。次第に自分の立ち位置に疑問を持つ。私は睦仁ではない。いつ真実が言えるのか？　なぜ南朝革命で、私が正統な南朝天皇だと公表しないのか？

北朝天皇として盲目的に崇拝されるのは、もううんざりである。早く偽装劇から身を引き、南朝天皇の名乗りを上げたい。

公表本番前の地均《じなら》しで、南朝神社建立、楠公の銅像、南朝が正統であるという国会議論とご聖断、次々と手を打った。国会でアドバルーンを揚げさせたものの、全国で湧き上がる「不敬」の連呼。大荒れの罵詈雑言。思考させない教育が跳ね返って、過剰な心酔を産んでいるからどうにもならない。そして死去。残念ながら南朝天皇の「遺言」を守って真実を発表する勇気ある人物は一人もいなかった。これが、私が推理した幕末以後の真相である。

4

坂本龍馬の黒幕

倒幕外国人御三家。
極論すれば、アーネスト・サトウは西郷隆盛の黒幕だ。
フルベッキは岩倉具視の黒幕。
そしてグラバーは龍馬の黒幕であった。

長崎に上陸した異人・グラバー

トーマス・ブレイク・グラバーは、スコットランド生まれだ。

二一歳で上海《シャンハイ》へ渡り、天下の英国商社、ジャーディン・マセソンに入社。その年、早々《はやばや》長崎に乗り込んで、同社の長崎代理店をオープンする。

加えて世界的な保険会社、ロンドン・ロイズやオリエンタル銀行の代理人にもなっている。

機を見定め、好機をつかむ。並外れたやり手だ。

幕末がグラバーに微笑んでいた。近代貿易を知らない薩摩、長州、土佐に食い込み、軍船、武器を売りはじめる。

薩英戦争直後には、英国と薩摩の間を取り持って、本人はたちまち薩摩藩の軍事顧問的なポジションに収まる。

坂本龍馬に入れ知恵し、亀山社中の実務は、ほぼグラバー商会が取り仕切った。

絶頂期、グラバー商会の社員は、西洋人一七名、中国人数十名、日本人労働者数百名にのぼっている。薩摩の家臣をして、グラバーは一〇〇万石の大名に匹敵する財力だと言わ

トーマス・グラバー。アーネスト・サトウ、フルベッキと並び、倒幕外国人御三家だ。オランダ・ライデン大学に保管されているポーズをとるグラバーの写真。物憂げだが、頭は商売でぎっしりだ。

写真／University Library Leiden

しめたほどだ。

商売だけではない。薩摩はグラバー経由で五代友厚《ごだいともあつ》をはじめ二〇名を超える留学生を、長州は伊藤博文、井上馨《いのうえかおる》他三名、いわゆる「長州ファイブ」をイギリスに送っている。三菱《みつびし》の創始者・岩崎弥太郎《いわさきやたろう》に貿易商売を教え、その関係で三菱造船ドックを造り、麒麟《きりん》麦酒（キリンビール）設立に深く関与し、晩年は三菱の顧問の座に収まった。

一八六四年、グラバーは丘の上の一等地に、堂々たる大豪邸を構えている。眼下には鮮やかな長崎湾。

庭には、海に向けた大砲がずらりと並び、邸《やしき》というより砦《とりで》に近く、半《なか》ば治外法権を勝ち取り、屋根裏に造った隠し部屋に幕末の志士たちを匿《かくま》い、謀議に加わっている。

「薩摩、長州の間にあった壁をぶち壊してやったということです。これが私の一番の手柄だ」

グラバー、回顧録での発言だ。

薩長同盟の起爆剤である。グラバーなくして薩摩は、あれほどの軍事力を持てたのだろうか？　否！　坂本龍馬や伊藤博文は、あれだけ力を持てたのだろうか？　否！

グラバーがいたからこそだ。

グラバーが父親に贈った故郷、スコットランドの邸宅。さびれた場所に建っている。

では弱冠二一歳で長崎にやってきたグラバーは、どうやってジャーディン・マセソンやロンドン・ロイズやオリエンタル銀行という超一流企業の代理人になれたのか？

あなたは、アフリカに行っていきなり三菱商事や損保ジャパンや三井住友銀行の代理店になれるだろうか？　鼻も引っかけられないはずだ。

むろん、グラバーの商《あきない》の才がずば抜けていたこともあるだろう。それもさることながら、私は彼の周りで香り漂うフリーメーソンという秘密結社が関係していると思っている。いや維新そのものが、この秘密結社なくして、あのタイミングでは完成しなかったと推測する。

（上）丘の上に建つ夢の豪邸。グラバー 24 歳の時にはすでに完成していたのだから、たいしたものだ。
（右）幕末の志士たちを匿った屋根裏部屋。女を隠したかどうかは分からない。薩摩密偵の記録では、1865 年の秋、グラバーが下関で桂小五郎と会っている。
（左）現在グラバー園に建つフリーメーソンの石柱。はるかに見上げる大きさだ。明治以降のものだという主張があるが、それはない。維新後長崎は衰退し、経済の中心は横浜、神戸に移っており、明治の長崎ロッジにカネを掛けて造る財力も意味もない。建造は幕末期以前、グラバーたちがジャブジャブ儲けていた時だろう。上部にフリーメーソンのマークが見える。

三菱の創始者岩崎弥太郎の弟で、二代目オーナー弥之助と。グラバーは岩崎に商売を教えていたのに、いつの間にか岩崎に支配されちまったよトホホ、といった情けない表情。

日本と明治維新とフリーメーソン

フリーメーソンと言うと、すぐトンデモ都市伝説だ、陰謀論だと切り捨てる人がいるが、第二次大戦後しばらく、一九六五年ぐらいまではコネ、ネタ、カネを掻き集めるためなら最高の結社で、想像以上のパワーを有する世界最大の秘密結社であった。

年々減る傾向にあるが、それでもまだ世界で一五〇万人ほどのメンバーを誇っている。れっきとした友愛団体ではあるものの、歴史的には何をやってきたのだろうか？

有名どころのアメリカ独立のきっかけになった事件を見てみよう。まだ、英国の植民地だ。事件は一七七三年一二月、ボストン港で起こった。

貧困と差別……不満が渦巻く中、英国はアメリカが輸入する茶にまで手を伸ばし、税金をかけて、カネをふんだくろうと企《たくら》んだために怒りは頂点に達する。

「ざけんじゃねえ！」

血の気の多い連中がボストン港に結集。停泊中の三隻《せき》の英国貨物船を襲撃し、三四二個の茶箱を海にぶちまけたのである。「ボストン茶会事件」だ。向こうではあれは「事件」ではなく「パーティ」だったとして、「ティー・パーティ」と呼ぶ。

これを真似《まね》、ティー・パーティと名乗った共和党右派が、二〇一〇年ごろからオバマ打倒！　政権奪還！　を叫んだが、二五〇年前に起こった実際の「ボストン茶会事件」には、けっこうなフリーメーソンがいた。

ロッジ（フリーメーソン集会所）でネイティブ・アメリカン（インディアン）に変装し、酒をかっくらってから一気に突っ込んだのである。

これで独立戦争の機運が高まってゆく。

むろん一ドル札の男、初代大統領ジョージ・ワシントンもメンバーなら、独立宣言を起草した一〇〇ドル札の男、ベンジャミン・フランクリンも、栄《は》えあるフリーメーソンだ。

アメリカ建国で上層部がフリーメーソンだらけになって自信過剰になり、「新世界」を目指したりするのだが、一定程度は達成されて、時代と共に薄れてゆく。

アメリカ建国とフリーメーソンとのからみは、映画「ナショナル・トレジャー」で面白く観《み》られる。ちなみに主演のニコラス・ケイジは酒と荒れた私生活がたたって、フリーメーソンへの入会を断わられたという噂があるが、どうだろう。

続いてフランスだ。一七九三年、皇帝ルイ十六世と王妃マリー・アントワネットがギロチンで首を刎《は》ねられたフランス革命である。

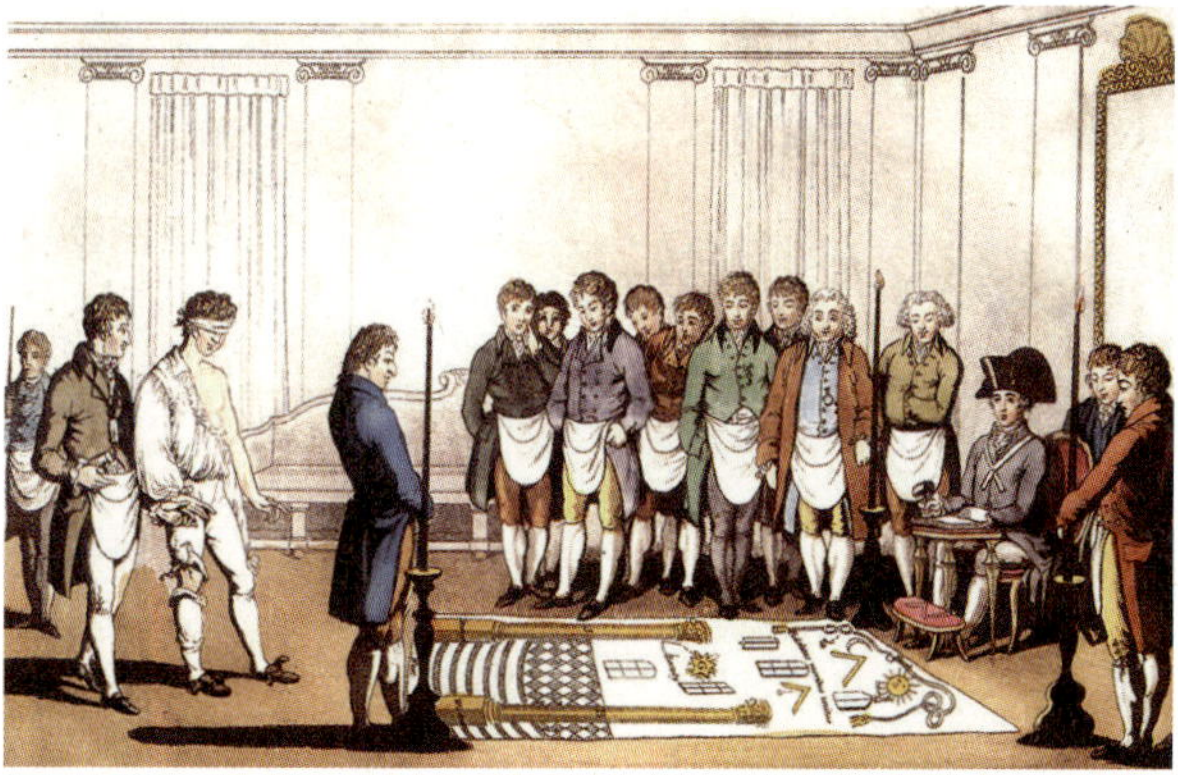

フリーメーソンの入会儀式。もともとは石工の組織から発生したので、彼らのエプロンを付けている。昔の石工は先端テクノロジー保持者で、科学の塊だが、のちに上流階級が占めるようになる。

こちらはもっとフリーメーソン色が濃すぎるほど濃い。

まずフリーメーソンが掲げるのは三つ。自由、平等、博愛である。

この自由、平等、博愛はそのままフランス革命の看板で、今でも国家の理想として取り込まれているのは常識だが、フランス革命の中心にいたラファイエットは、ベンジャミン・フランクリンの誘いでフリーメーソンに入会している。

作家ヴォルテールや、反対派の首をちょん切った処刑道具、ギロチンを発明したギロチン(ジョゼフ・ギヨタン)もメンバーだ。当時、フリーメーソンは社交界の花形だった。

フランス革命の根底には神聖ローマ帝国＝

アメリカ合衆国初代大統領ワシントン。フリーメーソンの象徴のコテとマスターの木槌を、誇らしげに手にしている。脚の立ち位置、周囲の絵にはすべて意味がある。

カソリックに反対する「プロテスタント」がまったりと横たわっている。プロテスタントに、非科学的なカソリック勢力と激しく闘ってきたフリーメーソンが浸透、ほぼ一体の運動を展開した。

すなわちアメリカ独立戦争、フランス革命、これまでの体制をぶち壊す中核に、フリーメーソンがいたのだ。南朝革命＝明治維新にいないほうがおかしい。

ユーロ統合の父は日本人の血が流れるフリーメーソンだ

さらに時代は下って、ユーロ統合の話をする。

フリーメーソンを面白おかしく大げさに述べるつもりはない。

だがこの話は本物だ。自由、平等、博愛、差別のない社会はフリーメーソンの核心で、その理想を追求すると国境なき世界になる。そう、ユーロ統合をあきらめずに推《お》し進め「ユーロの父」と呼ばれるカレルギーこそフリーメーソンである。入会はウィーンのロッジ「人道」。一九二三年に加盟している。

本名、リヒャルト・ニコラウス・栄次郎《えいじろう》・グーデンホーフ・カレルギー（一八九四～一九七二)。父のハインリヒはオーストリア・ハンガリー帝国の名門中の名門の生まれで、広大な土地を持つ伯爵だ。

ご覧のように、真ん中に日本名がある。「栄次郎」。ハーフの証だ。母が日本人の青山光《あおやまみつ》子《こ》、実家は東京牛込《うしごめ》、骨董《こっとう》屋を営んでいた。日本大使として赴任したハインリヒ伯爵は、光子と大恋愛に陥《おちい》る。光子もそれに応じた。カソリックに改宗して伯爵と結婚。にわか仕込みの新婦はヨーロ

父・ハインリヒ　母・光子(みつ)

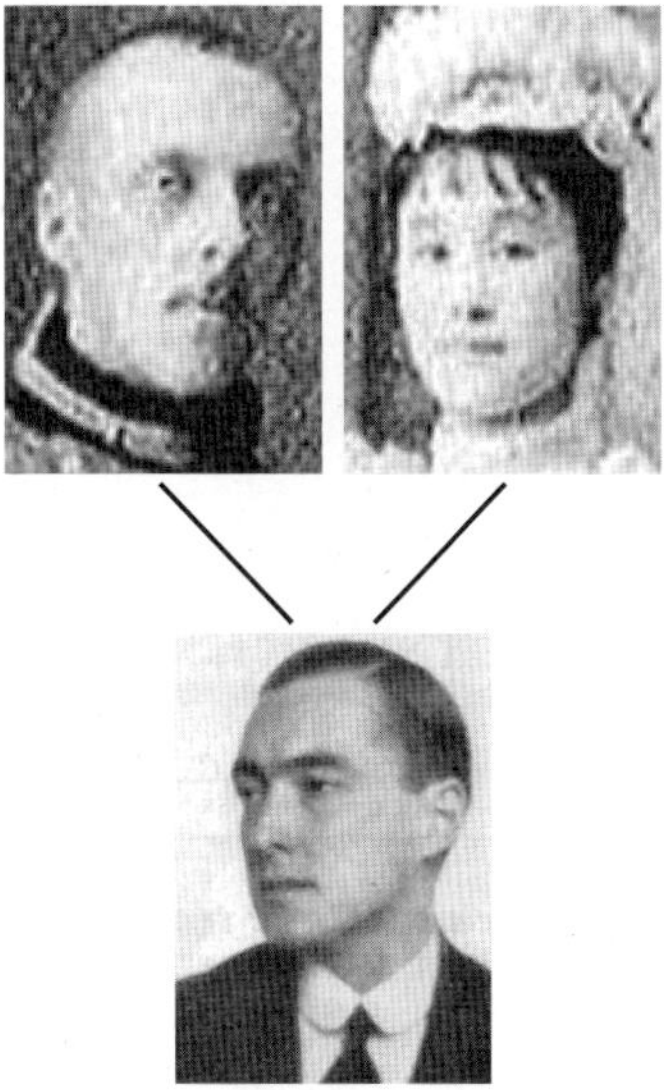

栄次郎

ッパ社交界にデビュー。たちまち人種差別の視線が集まる。まるで公開処刑だ。イエローモンキーが伯爵夫人？　面白いワルツだわ。マナーが分かるのかしら？

しかし伯爵は、敢然《かんぜん》と光子をかばった。

「君は伯爵夫人だ。堂々と振る舞いなさい」と励まし、「妻を白人扱いしない輩《やから》には、決闘を申し込む」と宣言し、どのパーティにも連れて歩いたのである。騎士道精神溢《あふ》れるジェントルマンだ。

白人の中の東洋人は、ひときわ目立つ。一躍、社交界の花となった光子。ゲランの香水「ミツコ」はこうして誕生した。

ハーフの息子、栄次郎も、オーストリアの地で差別に悩んだ。第一次世界大戦でオーストリア・ハンガリー帝国が敗北。領地のほとんどを没収され、チェコスロバキア共和国の国籍に移動。混乱渦巻く一九一四年のことである。

ウィーン大学に進み、在学中の一九歳、三四歳の大物ユダヤ人女優イダと恋に落ち結婚。歳の差一五歳。ヨーロッパ随一の美女である。ハーフの栄次郎、ユダヤ人のイダ。

ここで栄次郎は考える。

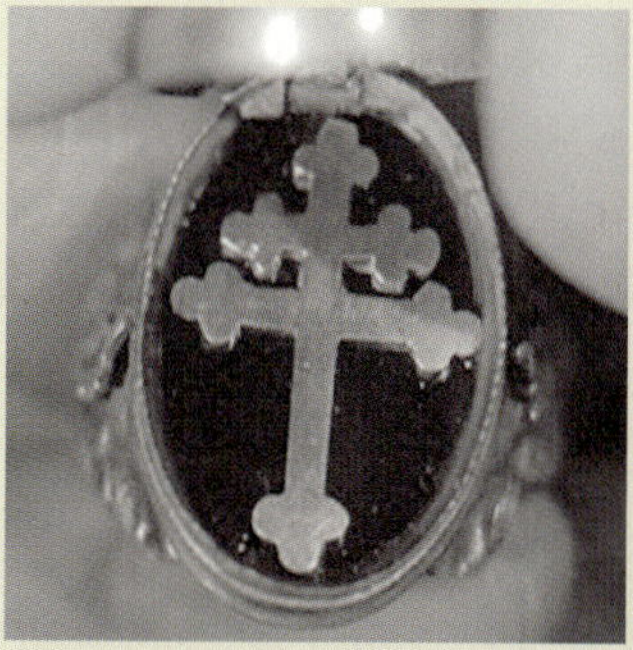

映画「カサブランカ」のモデルは栄次郎と妻のイダである。（上は公開時のポスター）。その一場面に、フリーメーソンのシンボルの一つ「ロレーヌ十字」（複十字）が登場する。

出典／Grand Lodge of British Columbia and Yukon

1919年にゲラン社から発売された「ミツコ」（Mitsouko）。

人種とは何か？　国家とは何か？　その思いが高じて、国境を取り外した欧州連合、ユーロ構想に夢を託し、妻、イダの資金で汎《はん》ヨーロッパ社を設立したのは一九二三年、二九歳の時である。

ヨーロッパ統合など途方もない夢だ。無名の栄次郎はその夢に向かって命がけで進み、妻がそれを全力で支援した。アツいカップルである。

ナチスに追われてユダヤ人の妻とパリに逃れ、「自由フランス」の幹部となる。むろん「自由フランス」のメンバーはフリーメーソンとほぼダブっている。

フリーメーソンの文豪ヴィクトル・ユーゴー、ノーベル平和賞のフリーメーソン、アルフレート・フリート、同じくフリーメーソンの学者、ユダヤ人のフレデリック・ヘルツなど先人たちの影響を受け、名著『汎ヨーロッパ』を上梓《じょうし》。

これが大ベストセラーとなり、ユーロ構想の下敷きとなる。

栄次郎の夢物語に多くの支援者が現われる。英国首相チャーチル、フランス首相エリオ、オーストリア首相ザイベル、チェコスロバキア共和国大統領マサリク、彼らはみなフリーメーソンだが、こぞって栄次郎を支持した。

また物理学者アインシュタイン、作家トーマス・マン（フリーメーソン）、心理学者フロイト、詩人リルケ（フリーメーソン）……など錚々《そうそう》たるメンバーがバックにつき、パリの社交界でも栄次郎は中心人物となる。

こんなことはアジア人にはできないと思う。たとえば私がアジア統一構想を唱えたとしよう。日本の文化人、韓国、フィリピン、インドの大統領や首相、有名な科学者や作家が支援するだろうか？　おそらく、そんなことをすれば天皇制官僚主義が崩壊するから、鼻も引っかけない。

私はそこにヨーロッパ人のダイナミズムを感じるのだが、第二次世界大戦下、ナチと戦いながらユーロ統合運動を続け、シンボルとなる歌にベートーヴェンの交響曲第九「歓喜の歌」を提言する栄次郎。

ベートーヴェンもフリーメーソンなら、作詞したシラーもフリーメーソンだ。シラーが、フリーメーソン・ロッジ「三振りの剣と緑のラウテ上のアストレア」の儀式音楽のために書いたものが「歓喜の歌」である。

すなわち現在、ユーロはフリーメーソンの歌を採用し、日本でもクリスマスになると、なぜかフリーメーソンのことなど知らないのに、秘密結社の歌を国のあちこちで歌い出すという不思議なことになっている。

ヒトラーはユーロ構想と敵対し、栄次郎と妻はパリからアメリカに脱出した。

二人のストーリーをそっくりそのまま映画化したのが、不滅の名作「カサブランカ」(Casablanca) だ。栄次郎、イダ夫婦がモデルである。

ハンフリー・ボガード扮するアメリカ人リックが、かつての恋人イルザとその夫ラズロを、アメリカに逃がすという甘く切ない作品だ。

「カサ・ブランカ」は、英語でいうと「ホワイト・ハウス」。

そう、ホワイトハウスを経営するアメリカ人、リックが反ナチの英雄、「自由フランス」の栄次郎(ラズロ役=ポール・ヘンリード)と妻のイダ(イルザ役=イングリッド・バーグマン)を助けるという筋書きで、事実そのままである。

アメリカに亡命した栄次郎は、フリーメーソン・ネットワークで映画制作会社のワーナー・ブラザーズのオーナーと面会。ワーナー兄弟はフリーメーソンだ。だからこそ映画では、フリーメーソンの「ロレーヌ十字」の指輪を大きく取り上げ、映し出しているのだ。

栄次郎を尊敬してやまない日本人がいた。第五十二、五十三、五十四代総理大臣の鳩山《はとやま》

栄次郎を尊敬していた２人の日本人。鳩山一郎（右）と鹿島守之助（左）。
写真／時事

一郎《いちろう》だ。むろんフリーメーソンである。

私はずいぶん前にフリーメーソンの本『石の扉』（新潮社）を書いたが、それを読んだ鳩山一郎の孫、故鳩山邦夫《くにお》氏から生前、直接連絡をもらったことがある。

「本に書かれている祖父については、まったくそのとおりで、一度お話ししたい」

ここには書けない話を、いろいろ聞かせていただいたが、一郎がフリーメーソンに興味を持ったきっかけは、栄次郎の存在である。

また鹿島《かじま》建設の中興の祖と言われる鹿島守《もり》之助《のすけ》会長も、栄次郎に心酔しており、フリーメーソンにこそ入らなかったが、その影響を強く受け、「汎アジア」を提唱した。

一九九四年、鹿島、NHK、そして鳩山家の「友愛青年同志会」の三者は、七三歳の栄次郎を日本に招待して称えたが、栄次郎が夢見たユーロ成立はその五年後、一九九九年のことである。

もっとも鹿島守之助は、栄次郎とフリーメーソン共通の敵、ヒトラーを絶賛したり、日本原発導入のドン中曽根《なかそね》康弘《やすひろ》首相（守之助の孫と中曽根の娘は夫婦）と組み、日本全国六一基のうち半数以上の三八基を施工して、「原子力の鹿島」と呼ばれたりと、かなりピント外れで、本当に理解していたのかどうかは分からない。

ただし守之助の「新しい考え、新しい方法の採用を怠《おこた》るな、イエスマンに囲まれるな、給料を高くせよ」など「事業成功秘訣二〇箇条」は、どことなく栄次郎の影響を受けているようで、すべての経営者に見習ってほしい斬新《ざんしん》さはあった。

話が横にそれたが、元に戻すと、全ヨーロッパの統合をひたすら願い、わき目もふらず邁進《まいしん》した「ユーロの父」が栄次郎である。その考えを招いたのは、流れている半分の日本人の血とフリーメーソン思想。そして彼を支えた妻イダと多くの有名フリーメーソンたちなのである。

ご存じ、アメリカの１ドル札。フリーメーソンの「全能の目」がデザインされ、当時の勢いがしのばれる。これは都市伝説でもいたずらでもない。

国民栄誉賞とか勲章とかは、本来こういう人間に与えるものだと思っているが、世界中が暗い森を迷いながら歩いているような現代、素晴らしき驚きと共に我々は栄次郎を誇りに、彼の思想をヒントに踏み出していくべきではなかろうか。

エリートのネットワーク

アメリカ独立、フランス革命、第二次世界大戦での反ナチ、レジスタンス運動など、節目、節目でこの秘密結社は戦闘的だ。

また違う側面もある。フリーメーソンと未開の地。エリート・ネットワークのサンプルを一つ紹介する。

もガチガチの教条主義メンバーがいる。アメリカの現執行部は、世に流布する陰謀説を隠すために「1ドル札のピラミッドとの関係否定作戦」を仕込んだ。彼らはそれを真に受け、心からロータリークラブの秘密結社版だと思い込んでいる。

写真／近藤陽介

東京メソニック・ビル（港区芝公園）の地下にある「ブルー・ロッジ・ホール」。秀逸にして荘厳、世界でも名作といっていいロッジ・インテリアだ。昔は意気投合という域をはるかに超えた結社であったが、現在、昔の真の姿を知るメンバーがはたしているだろうか？　どこの国で

二〇一二年に発売された『タックスヘイブンの闇』（朝日新聞出版）に、フランスのフリーメーソンの闇の一端と、アフリカの小国建国のことが詳しく書かれている。

著者はニコラス・シャクソン。彼は権威あるイギリス・王立国際問題研究所の研究員で、「フィナンシャル・タイムズ」にもよく寄稿する現代ジャーナリストだ。

舞台はフランスの植民地、アフリカのガボン。

独立は一九六〇年だ。調査によると、独立の仕掛け人はそれまでの支配者、フランス政府である。ではなぜ、わざわざ独立させたのか？　ガボンが有望な産油国として浮上しはじめたことと密接に関係している。

フランスがかねてより目をつけていた世界最年少、弱冠三二歳のボンゴを大統領にし、立派な大統領公邸を建設した。しかし地下にはトンネルがあった。つながっていたのはリーブルヴィル兵舎で、フランスは何食わぬ顔で兵舎に数百人の自国空挺部隊を置く。すなわちフランスは表玄関から出て行って、裏口から戻っていたのである。名目はよからぬクーデターから大統領を守るというのだが、ガボンは一見独立国のようで、その実ががんじがらめとなっていた。

明治政府も英国にがんじがらめになるところだった。断ち切ったのは米国のフルベッキだ。そのためのツールが、彼の立案した岩倉使節団である。

要点をまとめると、ボンゴ大統領はフランスの支援を受ける。その引き換えとして、フランス企業に自国の鉱物資源の独占的採掘権を与え、得た利益を裏ガネにしてスイスやルクセンブルクなどのタックス・ヘイブンを通じて、フランス本国の政治勢力にひそかに流したのである。

ボンゴ大統領は、フランスの巨大で不気味なネットワークのアフリカの要《かなめ》になったと、ニコラスは綴っている。

〈政治工作者になった頭の切れるボンゴ大統領は、フランスのフリーメーソン・ネットワークとアフリカの秘密結社を分け隔てなく利用して、フランスで最も重要なパワー・ブローカーの一人となった〉

この本でも分かるように、無法地帯の発展途上国に資金を通過させ、国家の裏や企業の裏をつなぐために暗躍したのがフランス・フリーメーソン・エリート・ネットワークだ。

なぜ、そうなったのか?

驚くべきことに、1700年代後期～1800年代初期に作られたと見られる日本製のフリーメーソン漆箱（フリーメイソン・ケース）がある。象嵌がほどこされ、福岡県太宰府市の九州国立博物館に保管されている。デザインは異なるが、オランダのフリーメーソン博物館にも日本製のケースがある。

写真／九州国立博物館

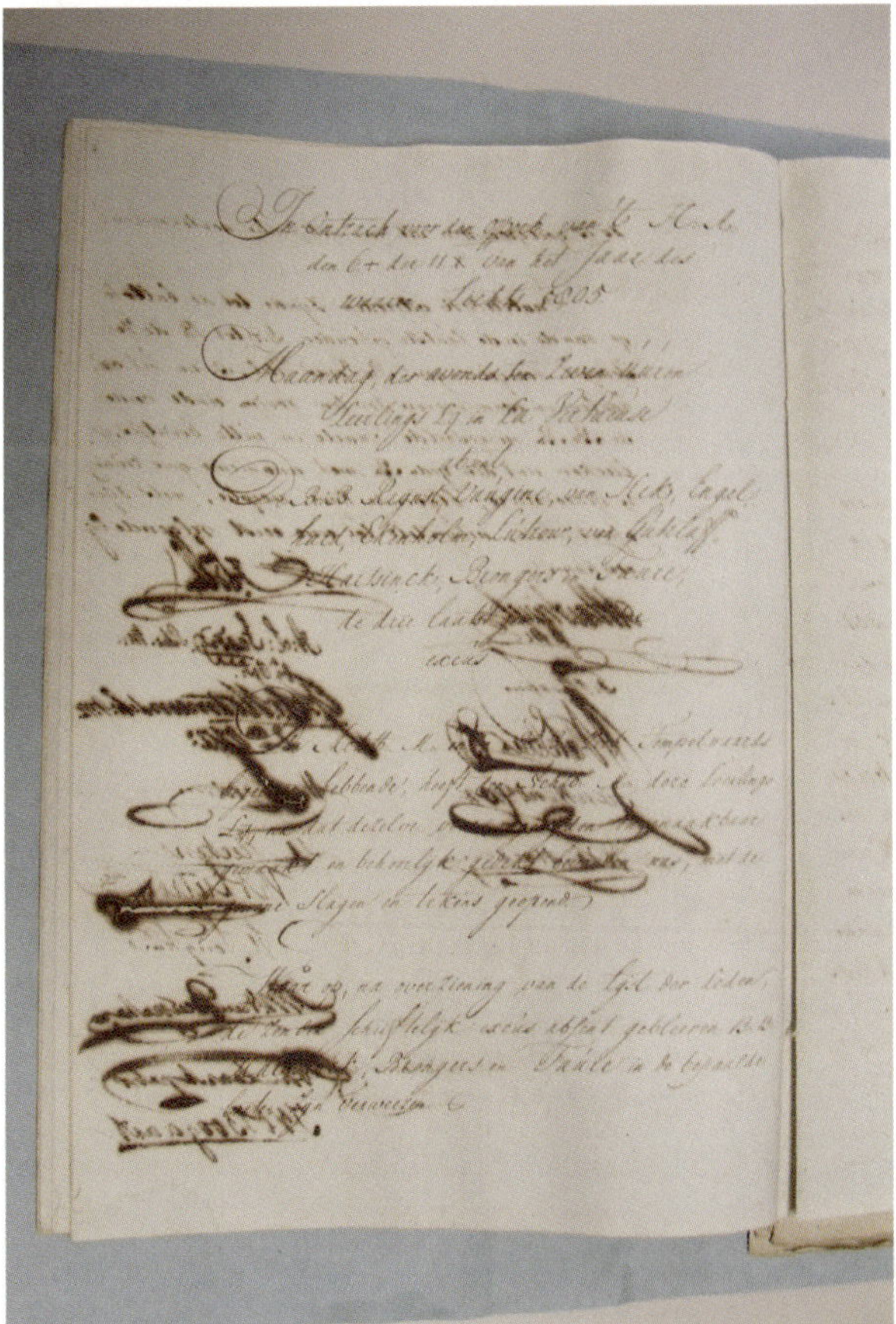

1805年、「ラ・ベルチェウス・ロッジ」の議事録。出島ロッジでの入会者に対する正式な承認書だ。

写真／Grand East of Netherlands

三段論法で言えばこうなる。

ひと昔前は、特権階級でなければフリーメーソンになれなかった。特権階級とは、貴族、政治家、そして企業家だ。彼らの興味はカネ、ネタ、コネだ。

この時、秘密結社ということが重要となってくる。

特権階級は常にカネ、ネタ、コネで成長し、存続しつづけることにこだわる。宿命だ。この世に、秘密を伴わない儲け話は少ない。特に無法地帯の発展途上国でたっぷり稼ぐには、ルールなしの秘密工作が不可欠だ。フリーメーソンは、ただの結社ではない。死んでも口を割らないという秘密を守る重い掟《おきて》と誓約《せいやく》がある。沈黙は何よりの保険だ。マズいところに手を出している面々にとっては居心地がよい。これが心理だ。

次にロッジの機能だ。

ロッジにはホットな情報が集まり、また発信できる実に便利なアジト、私書箱になっていた。世界の主要都市に設置され、共通の意識を持つ者だけでつながっているロッジは現代のテレビ、電話、インターネットである。

かといって、今でもフリーメーソンが世界を動かしているという陰謀論は論外だ。

たとえばアメリカのフリーメーソンは共和党にもいるし、民主党にもいて一枚岩ではない。世界を支配しようという根本的な発想もないし、世界のコントロールなど実現不可能だ。

しかし、国単位なら話は別かもしれない。激動の時代に暗躍し、ある方向に動かしたことだけは確かだ。

崇高な組織になるか、野望あふるるふしだらな組織になるかは、担い手にかかっている。


日本もしかりで、早々とやってきたのはペリーである。彼は一八一九年、フリーメーソンに入会、優れた知的生物のように日本に現われ、鎖国をこじ開けようと振る舞って、去った男である。

では、当時の日本のロッジはどうなっていたのか？

【設立年】　【ロッジ名】
一八〇五年以前　長崎出島ロッジ

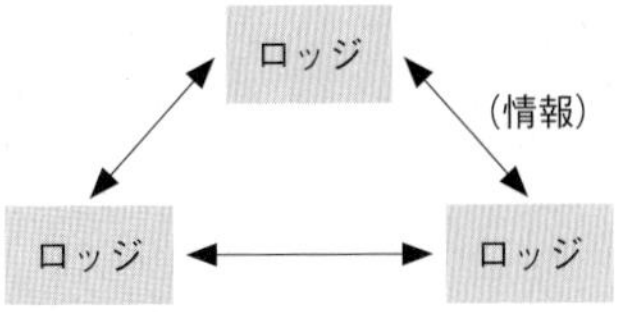

一八六六年　横浜ロッジ（イングランド系）
一八六九年　オテントウサマ・ロッジ（イングランド系　横浜）
一八七〇年　兵庫・大阪ロッジ（スコットランド系　神戸）
一八七一年　日本ロッジ（イングランド系　東京）
一八七二年　ライジングサン・ロッジ（イングランド系　神戸）

これ以外にも、停泊中の英米の軍船にはたいがいロッジがあった。現代でも米国の軍艦に、ほぼ例外なくロッジが設けられているのは、長い航海、定例儀式を欠くことなく行なうためである。

筆頭の長崎出島ロッジは、正式な登録記録はない。

だが、記録がない＝非存在とはならない。

未開発国家においては、その特殊性にかんがみ、未登録のダークネス・ロッジというのが、ずいぶん前から認められ、活動している。

では、正式な記録がないのになぜ出島ロッジが存在したと言えるのか？

証拠は、ジャカルタ（バタビア）にあるラ・ベルチェウス・ロッジの議事録だ。一八〇

Nippon Lodge,
NO. 1344, E.C.

AN EMERGENCY MEETING of the above Lodge will be held at the Lodge Rooms, Yedo,

TO-MORROW,
27th Instant, at 6·30 P. M.

BUSINESS,
Installation W. M. and Officers.
BANQUET—at 8.0 P. M.
Yokohama, 26th May, 1874.

O'tentosama Lodge,
No. 1263, E. C.

THE next Regular Meeting of the above lodge will take place
On Wednesday Evening next,
June 3rd, at 8.30 P. M., precisely.
Visiting brethren are cordially invited to attend.

W. A. CRANE,
Secretary.
Yokohama, 26th May, 1874. td.

1874年5月26日付の英字紙「ジャパン・ガゼット」。横浜の「ニッポン・ロッジ」と「オテントウサマ・ロッジ」の集会案内が載っている。

五年、マルテン・マックという一人のオランダ人がそのロッジを訪ねている（P125の写真参照）。

訊《き》くと長崎、出島ロッジのメンバーだと名乗った。

さっそく秘書が調べる。だがオランダの本部、グランド・ロッジには未登録だった。

実在を疑った。するとマックは胸を張って、メンバーだけが知る、誇り高きパスワードを口にし、秘密のサインもこなした。証《あかし》は完璧である。

マックの証言によれば、出島ロッジはメンバーも充実しており活発に動いている。出島ロッジのAという男爵がマックを入会させ、きちんと入会金も納めており、その持参した領収書を見ると、そこには長崎出島の商館長、ヘンドリック・ドゥーフの署名があった。

ドゥーフ。名の通ったセレブだ。

で、マルテン・マックは無事、ジャカルタのロッジの入会を認められたのである。

要するに一八〇五年の時点で、出島ロッジを正式なロッジとしてオランダのグランド・ロッジが認めたというわけである。

初めて日本にやって来たフリーメーソンは、その二一六年前、東インド会社のアイザック・ティチングだ。

ティチングも出島の商館長に着任している。おそらくそこで、ダークネス・ロッジを始めたのではないだろうか。私はそう推測している。

一八〇〇年代になると、フリーメーソン・マークが入った日本独特の象嵌蒔絵《ぞうがんまきえ》漆箱《うるしばこ》が、出島から海外に渡り始める（P124の写真）。フリーメーソン漆箱は、現在オランダの博物館ともう一カ所、太宰府市の九州国立博物館にある。

ロッジはアクセス・ポイント

日本が騒がしくなった幕末、横浜、長崎のロッジを拠点とするメンバーの工作も活発になる。価値ある情報の収集、交換、分析は至難の業《わざ》だが、ロッジほど情報の集まる場所はなかった。

想像していただきたい。テレビもラジオもケータイも新聞もない時、あなたは五〇〇メートル離れた所で何が起こっているか分からない。しかしロッジに足を運ぶだけで、長崎、京都、大坂、江戸での出来事に触れられるのである。またロッジ自体がメンバーの私

メソニック・ビルのシンボル。直角定規とコンパスだ。Gはゴッドとジオメトリィ（幾何学）の略だが、「神」が直角定規とコンパスという「科学」の中にある、言い換えれば科学が優先するということで、神を優先するカソリックとは昔は対立する運動だった。

東京メソニック・ビルの玄関ホール。女性が香油壺を持ち、神が女性の髪をとかし、柱が折れている。香油壺を持つ女はマリアを象徴したものだ。折れた柱はキリストである。つまりキリストが死に、悲しむマリアを神が慰めているのである。ここにフリーメーソンのすべての謎があるのだが、それはメンバーにすら明かされない。

書箱（P・O・BOX）となっていた。

今なら私書箱など何でもない代物だが、昔は値千金《あたいせんきん》。つまり携帯電話のない時代、連絡を取り合うのは至難の業で、そのためのアクセス・ポイントだ。

イメージが湧《わ》かないと思うので、例えばあなたが坂本龍馬と連絡を取ろうとする。

しかし、互いに忙しく移動する身だ。旅から旅、潜伏から潜伏、龍馬はつかまらない。会うということは想像を絶する困難さで、生涯会えないことなどざらにあった。

だから『母を訪ねて三千里』や『安寿《あんじゅ》と厨子王《ずしおう》』などという一生かかって親子が捜し回るだけの名作が成立したのである。この二つの作品は、携帯、ネット社会では、決して生まれない物語だ。

そこであなたは江戸、長崎、横浜、京都に設置してあるロッジに手紙を書く。

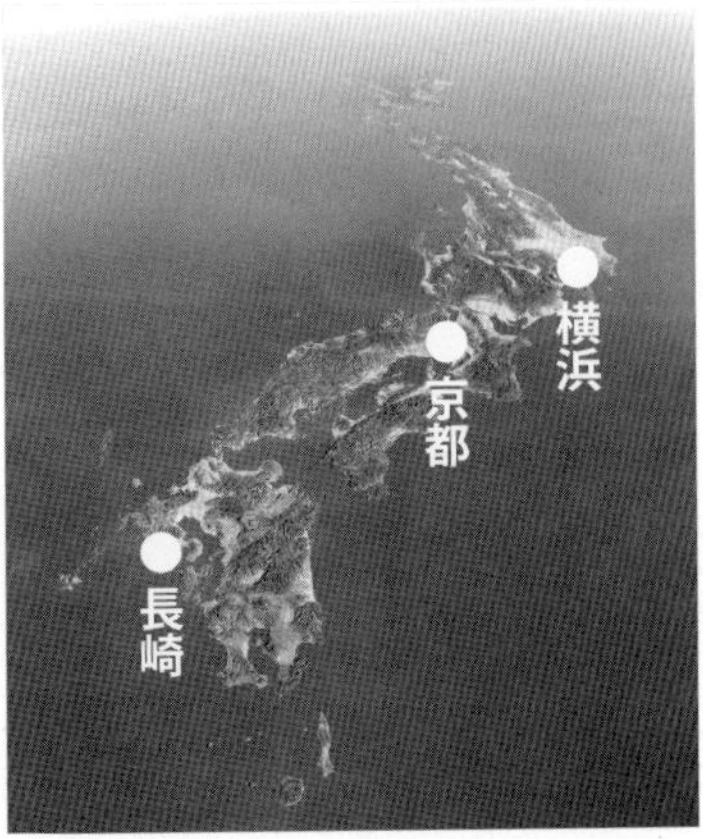

そうしておけば、龍馬が定期的にロッジに使いを走らせているので、必ず手紙を受けとるという寸法だ。

むろん藩邸やら息のかかった店もアクセス・ポイントとして使用できるが、肝心の藩や店自体が敵と通じているかもしれず信用できない。その点、欧米のフリーメーソンとは開国と倒幕で共鳴し合っているし、表向きにも局外中立を謳《うた》っている。しかも掟が口外無用の秘密結社とあっては安心だ。

多くの軍人や海運関係者、外交官が出入りするロッジ、コネも満載ならネタも満載だ。ロッジ内の掲示板には、輸送船の時間割、貿易品の売りたし買いたし、武器の売りたし買いたし、外国語学教授募集、日本語教えたしなど、役立つ紙がペタペタと貼られていた。

グラバーの、フリーメーソン登録記録はない。

現代なら記録がなければ非正規メンバーだと断言できるが、そんなわけで当時は違う。マルテン・マックを持ち出すまでもなく、ダークネス・ロッジは港、港に存在し、都合の悪くなったロッジは、いくらでも処分し、最初からなかったことにできた時代なのである。

幕末の商売人なら、フリーメーソンの魅力に逆らうことは難しい。目端《めはし》のきくグラバー、少々気難しい男ではあるものの、頭の中を読めば一〇〇人力、一〇〇〇人力のパワー結社、メーソンにならないわけはない。

幕末に大活躍したカメラマン、フェリーチェ・ベアトはフリーメーソンだ。現代でも、国際報道カメラマンの多くがフリーメーソンに入会するのは、彼らにとってこの組織が宝の山だからだ。なぜなら、世界の最強国、英米の軍関係者にメンバーが圧倒的に多く、そのコネをたぐれば、軍が仕切る紛争地や立ち入り禁止エリアを特別に開けてくれるチャンスにありつけるからだ。

「シャッター・チャンスはメーソンから」。報道カメラマンの囁《ささや》きである。

実は、「四六人撮り」のカメラマンはベアトではないかという説がある。重要な候補者の一人だ。

では、真ん中に座っているフルベッキはフリーメーソンだろうか？

記録はない。しかし一緒に写真に収まっている息子のウィリアムは、後にアメリカ陸軍学校の校長に出世した、れっきとしたメンバーだ。

見逃せないのが、フルベッキ・プロデュースの岩倉の大使節団が、ワシントンのフリーメーソン・グランド・ロッジを訪問していることである（久米邦武『特命全権大使　米欧回覧実記』）。

フリーメーソン本部訪問。ゴージャスでシャレた計画だが、何のために行ったのか？

むろん私にはある推測があって、それは『幕末　維新の暗号』に書かせてもらったが、今もってフルベッキの正体は闇の中である。

5

消された英雄

大久保たち支配者は
西郷隆盛の顔だけではなく、
命そのものを容赦なく奪い、
天皇制官僚主義を確立した。

右端の大男は「若き日の西郷」しかない

「一三人撮り」と西郷の影武者

歴史の講演を終えたあとの親睦会だった。見知らぬファンが、一冊のアルバムを持ってきた。

「西郷隆盛ではないでしょうか」

それが今まで目にしたことのない「一三人撮り」だった。

ターミネーターのような容姿。圧倒的なオーラ。「何だ、この大男は……」。ぴんと感じる何かがあった。

私はその感触を大切にした。取材を重ねるうちに、本物だという手応《てごた》えは次第に強くなり、とうとう揺るぎないものとなる。

最大の理由は「影武者」の存在だ。ある一つの言葉から、びっくり箱のようにポンとひらめいたのである。

「影武者は、西郷隆盛そっくりだった」

昔からあった噂だが当たり前であって、似ているから影武者なのだ。

なぜ今まで気づかなかったのか？　私としたことが不覚である。

薩摩藩の永山弥一郎（左）は西郷隆盛の影武者だ。そして２人はそっくりである。ならば右の堂々たる「眼力侍」は西郷隆盛だ。

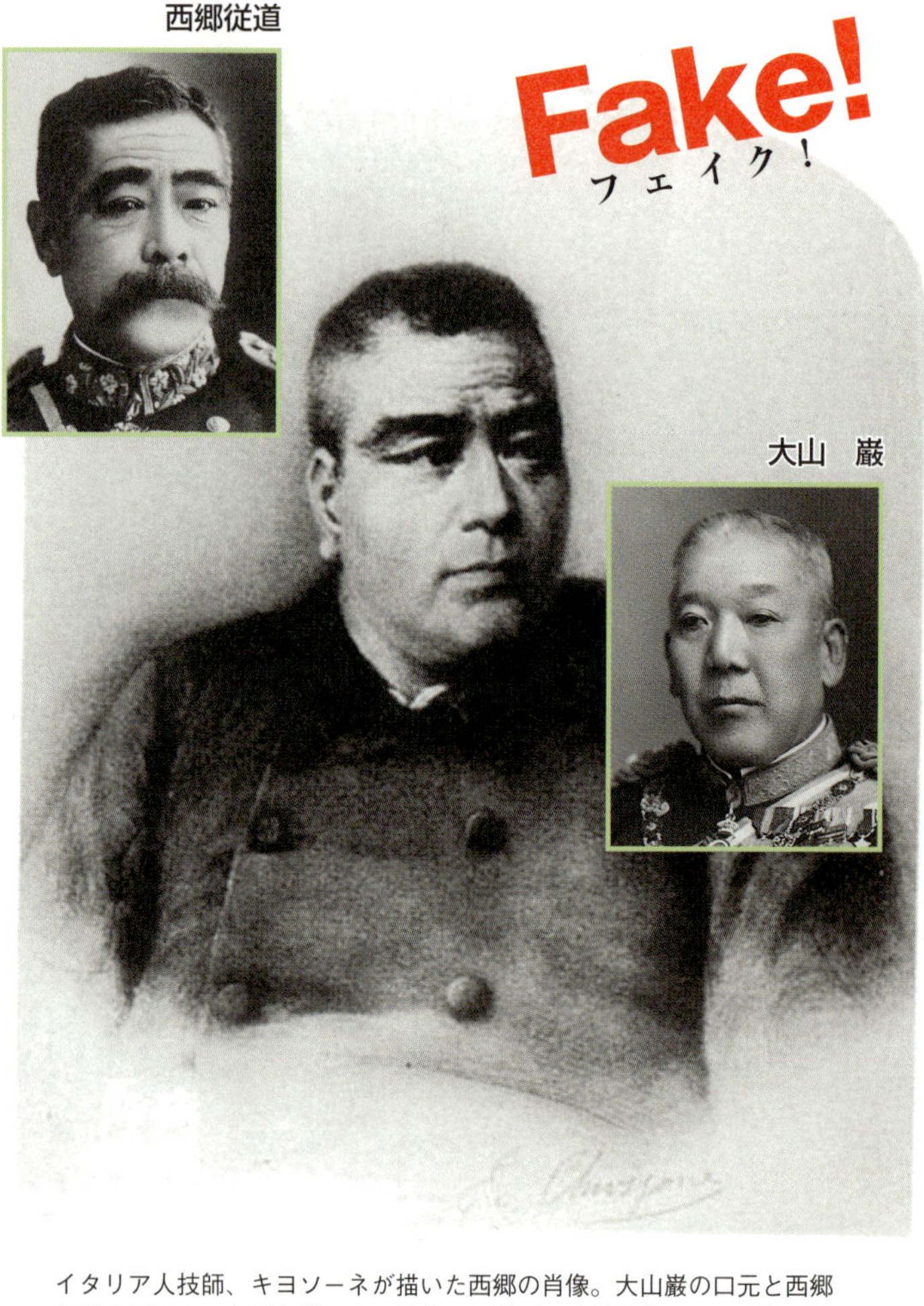

イタリア人技師、キヨソーネが描いた西郷の肖像。大山巌の口元と西郷従道の目元をいただき描いた。子供のお遊び。合体肖像画だ。手先が器用なだけのキヨソーネには悪いが、くだらなすぎる。

西郷隆盛

「四六人撮り」（右）と「一三人撮り」の大男。どうだ！耳型だけが違うようだが、専門家の話ではこの時代、写真はたいがいピンボケなので修正技術は高く、西郷でなくすため手を入れた可能性は大きい。また光線の入り具合でこう見えることもある。耳以外は完璧である。

東郷平八郎

これも瓜二つ。右の写真はイギリスの商船学校に留学していたころのもので、一八七七年の撮影。元帥海軍大将。

影武者で西郷の面が割れる。簡単明瞭だ。その影武者とは永山弥一郎《ながやまやいちろう》である。共通する西洋顔、二人を比べればそっくりだった。

「一三人撮り」の真ん中の若侍は島津《しまづ》藩主の弟、久治《ひさはる》だ。取材の過程で、久治は次男坊ゆえに宮之城《みやのじょう》家に出されており、その宮之城家を綴《つづ》った家歴本『宮之城史』にも同じ「一三人撮り」が載っているのが分かった。写真の下には、注目すべきキャプションが付いていた。

〈薩英戦争講和修交時の島津久治〉

続いて撮影時期と目的が書かれている。

〈元治元年一二月（一八六五年一月）、薩英戦争の講和修交使として長崎に赴《おもむ》き、イギリス軍艦を訪問して交渉に当たる〉

時期は、西郷が沖永良部島《おきのえらぶ》から戻った一〇カ月後だ。島流しから戻った西郷は、南方の寄生虫にやられて歩けないほどカリカリに痩《や》せていた。

「一三人撮り」の西郷のご面相もまたしかり。頬がこけていて、痩せ具合が一致する。記録では、この写真撮影時期のまさにそのあたり、西郷は小倉《こくら》で中岡慎太郎と会い、幕府に逆らって、長州と共同戦線をとっている。三条実美など五卿《ごきょう》を太宰府天満宮に匿うための工作を進めている。

一連の工作を終え、風雲児、西郷は鹿児島に発《た》つ。

長崎はそのルート途中だ。寄って慌《あわ》ただしく久治と合流し「一三人撮り」に収まった、という推理が利《き》く。

実は拙著『西郷の貌《かお》』を出版した後、まったく別の古いアルバムに、同じものが載っていることが判明した。

『維新と薩摩』という黄金布を使用した豪華本である。

発行年は一九六八年（昭和四三年）。発行所は、株式会社南日本放送となっている。鹿児島のテレビ・ラジオ局だ。監修委員には元鹿児島市長、共同通信顧問、鹿児島大学教

樺山資紀

顎を出す角度まで同じだ。これでも別人だと言い張る人は勝手にしなさい。君は西南戦争勝利者たちの手玉に取られている。海軍大将、内務大臣、文部大臣。白洲正子の父方の祖父。

◎

仁礼景範

一八六七年にアメリカ留学した海軍軍人。この世に二人といない特徴的な顔だ。海軍大臣。

◎

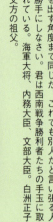

伊東祐亨

◎

「映画って本当にいいものですねえ〜」の水野晴郎氏に似ているが、誰が何と言おうと伊東だ。連合艦隊司令長官、元帥海軍大将。

川村純義

◎

完璧、言うことなし。澄まし顔で別名をもってきた『維新と薩摩』の編者たちには歴然とした意図がある。そしてその意図に踊らされる人間も幼稚だ。海軍大将。白洲正子の母方の祖父。

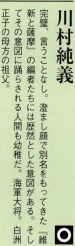

授、鹿児島県高校歴史部会会長など地元鹿児島の名士がずらりだ。

写真提供は島津久敬とあり、薩摩藩主の血筋と見受ける。つまり地場セレブの肝煎《きもい》りアルバムだ。

ところがキャプションは『宮之城史』とまったく違った。

〈慶応三年、長崎に留学中の薩藩学生〉

二つのアルバムの違いを比較するとこうなる（P151の表）。

驚くなかれ『維新と薩摩』では二名を除く一一名全員の名を特定していた。

上村彦之丞

海軍大将。海軍兵学校（兵学寮）に学んだが、西郷隆盛が明治六年の政変で野に下ると、同調して鹿児島に帰郷した。しかし西郷に説得されて兵学校に戻る。「一三人撮り」で西郷の前に座る距離感が、二人の関係を物語る。

	撮影年	被写体	目的
『宮之城史』	元治元年一二月（一八六五年一月）	島津久治一行	薩英戦争講和修好のため
『維新と薩摩』	慶応三年（一八六七年）	久治と薩摩藩長崎留学生	記念写真

それによると、西郷は別名である。

私が自信を持って弾《はじ》き出した名前と比べると、仁礼景範《にれかげのり》以外は全員異なっていた。聞いたこともない名ばかりで、どちらかが間違っているはずだ。

上段が私、下段が『維新と薩摩』

西郷隆盛　↓床次正精《とこなみまさよし》（?）
東郷平八郎《とうごうへいはちろう》（海軍大将）↓伊集院彦助《いじゅういんひこすけ》（?）
樺山資紀《かばやますけのり》（海軍大将）↓相良次大夫《さがらつぎだゆう》（?）
仁礼景範《にれかげのり》（海軍大将）＝仁礼景範

伊東祐亨《いとうすけゆき》（海軍大将）→平田《ひらた》島津家家来（？）
川村純義《かわむらすみよし》（海軍大将）→江夏《えなつ》○介（？）

それ以外の四名も、知らない名前だ。

世間は擁護するかもしれないが、私は疑う。胡散臭《うさんくさ》い、というのが偽らざる直感だった。

一八六七年といえば倒幕直前だ。そもそも薩摩軍が大坂、京都に出兵するかしないかという天王山。テンヤワンヤの時期だ。この動乱期、何が楽しくて藩主級の久治が、えっちらおっちら長崎まで行って、学生たちに会い、わざわざ記念写真を撮らなければならないのか？　まったく解《げ》せない。

それに百歩譲って長崎留学生だとしよう。ならば、仁礼景範（後の大日本帝国海軍大臣）を除いて他の全員が無名だというのは奇妙だ。

長崎留学組は、何だかんだとほぼ全員が明治新政府に就職し、それ相応のポジションに就《つ》いているのだ。つまり有名になっている。ところが『維新と薩摩』の名前たちを調べたが、誰一人として出てこないのである。

きちんと「一三人撮り」を見れば一目で分かるが、そのへんの青っちょろい学生ではない。みな、ひと癖もふた癖もある猛者《もさ》ばかりだ。

『維新と薩摩』はまったく鵜呑《うの》みにできない。というより、わざわざ疑問符がつく無名侍をハメ込んだとしか考えられない。なぜか？

「一三人撮り」の西郷がバレれば、「四六人撮り」の西郷も浮上する。「四六人撮り」に注目すれば、真ん中の大室寅之祐、南朝明治天皇に目が行くのだ。明治政府自体、明治天皇に寄りかかっており、汚いスキャンダルは命取りになる。バレれば体制は保てない。大正においても、昭和においてもだ。嘘によるリスクと体制維持を天秤にかけた支配者。成功すればすべてが報われ、失敗すれば大惨事だ。そして嘘が勝った。

やはり『維新と薩摩』は仕込みだ。この写真は西郷ではないと地元の人間に付け込もうとしたとしか考えられない。『宮之城史』が正しい。

撮影は一八六四年の暮れから翌年一月にかけてであり、世界屈指の強国、英国軍船内で持たれた英国と薩摩との秘密会合だ。

薩摩がこの時期を境に、ぴたりと英国に接着する。プロデューサーはグラバーである。グラバーから軍船を買い、グラバーのルートで留学生をごっそり送り込んだことを思えば、会談内容はずばり、倒幕を睨《にら》んだ「薩英密約同盟」である。今後の方針も話し合われたはずで、だからこそ薩摩の海防のトップ久治と、後の大日本帝国海軍の枢軸《すうじく》、名だたる大将連中ばかりが選抜されたのである。

で、薩摩軍のトップ西郷が、その場面にいた。

こう考えれば、すべてしっくりいく。

「西郷どん」が写真を嫌った真相

なぜ西郷の写真がない、という説が広がったのか?

テロを避けるため撮らせなかったという。これはおかしい。お話にもならない。理由は、西郷だからだ。

風貌、偉丈夫、現代の感覚では一九〇センチを超える。西洋人をしてヘラクレスと言わしめるほど群を抜いて目立っている。会ったことがない人間でも一目で分かった、というのだから隠れようがなく、アスペルガー的なカリスマ性を身につけた西郷は大人気で、面など、とうの昔に割れている。

西郷に限って言えば、写真があろうがなかろうが、刺客にとってはまったく関係のない特別な侍で、テロを避けるための写真不許可など無意味以外の何ものでもない。

写真に撮られたくなかった理由は何か？　ただ一つだ。

先に述べたとおり「四六人撮り」である。

明治天皇即位前の若侍、大室寅之祐を囲む志士。「四六人撮り」が表に出れば、天皇すり替え、「成り済まし」が暴かれる。「四六人撮り」は真実のメッセージであり、あってはならない写真だった。

そこに目立つ西郷が写っているのだ。明治政府にとって薩摩の巨人・西郷と、すり替え前の大室寅之祐の写真はスキャンダルどころではない。時限爆弾である。

もし発覚したとしても、シラを切り通さなければならない。西郷は協力し、以後、写真を撮らせなかった。

「この大男は西郷ではない。この若侍は明治天皇ではない」

そのためには「四六人撮り」と「一三人撮り」を一網打尽《いちもうだじん》に回収し、その上、彼ら二人の顔に若干《じゃっかん》の修正を施《ほどこ》してシラを切らせる、という斬新な手法を選択した。

顔を消す。

西郷隆盛の墓。「天皇にモノ申す！」。西郷は、何を語るために挙兵したのか？　武士の待遇改善の切り札が、明治天皇の秘密ではなかったのか。そして西郷の首は胴から離れた。

天皇も極力顔を隠した。そうしておいて、似ていそうで、全然似ていない肖像画を描かせたのである。西郷も同じだ。

同じ発想、同じ画家。

日本人ではなく、わざわざイタリアの紙幣デザイン技士、キヨソーネを呼びつけ、顔の上半分を弟の従道《つぐみち》、下の半分を従兄弟の大山巌から移した合体コラージュ（P144）は似て非なる作品だ。

最後に「四六人撮り」の西郷の耳を違《たが》えた。上書きして平耳にし、肖像画のほうは大胆な福耳にしたのである。そうしておけば、何かあっても「耳が違うよ」「西郷は福耳だった」の噂をばらまく。

ところが、憧れのイギリス皇族からの

グラバーは、太宰府天満宮にあるこの麒麟の像を切望し、二度頼みに行っている。なぜか？　麒麟の像に意味が込められているからだ。ぜひ拙著『西郷の貌』を読んでほしい。

「写真を交換しましょう」という儀礼的要求には逆らえず、また南朝天皇を告白したくなって、つい写真を撮ってしまったのが明治天皇である。そのポートレートの複写が出回ったので、政府は慌てて回収を命じた。

今、残っている写真は、回収漏れのやつだ。

すべての始まりは、「四六人撮り」だった。撮った瞬間に、時限爆弾のスイッチが作動したのである。即位前の大室寅之祐と西郷が写っている「四六人撮り」と、西郷が写っている「一三人撮り」の封印。

しかし、陰謀は必ずバレる。

不透明の国

日本は、国家の成立過程そのものが濃霧に包まれている。これほど不透明な国家は、他に類を見ない。

「民《たみ》は之《これ》に由《よ》らしむべし。之を知らしむべからず」

愚民政策だ。その源《みなもと》となっているのが何も考えさせない暗記教育である。おかしいな？ を考えさせないのだ。理想の国家とは何か？ これも思考させない。

国に携《たずさ》わるものを善人と思え。ワンサイド・ストーリーにただ従わせる。知的好奇心を持たぬよう育成する。それは大宝律令以後、長い間に練り上げてきた国体維持の特殊技術だ。

無理やり万世一系の天皇をつなぎ合わせ、上書きしたタイムカプセルが日本史だ。感心できない。大古墳はどれも天皇の墓だと勝手に言い張って学術調査を拒《こば》み、それは学問ではないと主張すると「不敬だ」と騒ぐ団体が登場する。メディアはそうした団体と壮大な皇居に眩惑《げんわく》されて足がすくみ、真実に近づこうとしない。

歴史の暗黒が漏《も》れると、無視、黙殺、次に黒塗りでやり過ごす。逃げられなくなった時にようやく反撃する。それは正面からというより、昔は心理病棟や監獄送りという方法をとり、今は告発者のスキャンダルを暴き、懲《こ》らしめる戦略に走りがちだ。

ガリレオは弾圧を命がけで撥《は》ね退《の》け、「それでも地球は回っている」と主張したが、弾圧のずっと手前で自主規制してしまうのだから、日本のメディアは臆病すぎる。

真実への背徳《はいとく》は国民を苦しめる。


拙著の小説『幕末　維新の暗号』は、これまでの歴史とは見方が風変わりなので、テレビや劇場映画の企画は幾度もあった。書面による正式なオファーをもらったこともある。

しかし、みな作品の軸とも言うべき、肝心要《かんじんかなめ》の南朝革命と明治天皇すり替えの筋立てを外すか、ボカすのが前提だった。

真実が広まった時に勝ち馬に乗るための布石なのだろうか、一応は手を付けておく。しかし、そういう考え方とは相性が合わない。

私の心は全然、強くはないのだが、恐怖があっても偽りへの挑戦がなければ満足が得られないタイプだ。しかし多くの人たちは私と違って、問題提起すら怖いらしい。

私は、天皇の暗殺や成り済ましを憎悪しているのではない。古代、中世、近代は略奪、血の復讐、腐敗、拷問、非道徳……混迷する暗黒時代、ルール抜きの凄惨《せいさん》な世界であって、その中では真実だけが最善とは言えず、謀略もまた最善となった過去があったごとくらい、人一倍知っている。岩倉具視と大久保利通が、ああいうやり方で玉座を略奪しなかったら、自律と自由を求めた維新は頓挫《とんざ》していたかもしれぬのだ。歴史を現代のモラルで裁くのは愚《ぐ》の骨頂《こっちょう》だ。

だが、時代が下って、今は仮にも民主主義国家なのである。

民主主義の下《もと》では、歴史には大いなる責任が伴う。それゆえ、透明性が必要になってくる。

反対意見を言う者がいない環境など考えられない。それは服従を意味する。すべての文書を公開し、あらゆる古墳の学術調査を許可し、国民が考え、判断しなければならない時代だ。手を加えぬ、すっぴんの日本の姿をさらし、国民の判断を仰ぐのが民主主義のルールであろう。

さすれば、国民は真に自分たちの国だと実感でき、驚くほどの力を発揮する。

私ごとき一介の物書きが、天武天皇以後一三〇〇年以上にわたってピカピカに磨かれてきた天皇を頂点とする「官僚組織」に挑むなど、まるでドン・キホーテで、既得権者がフェイク・ヒストリーに便乗し、盲目的な崇拝を強要した挙げ句に、あらゆる所に張り巡らせた岩盤を、どうこうできるものではないのは分かっている。メディアが総がかりで偽装史を守る中、どうやったらこの声が届くのか？

南朝天皇が真実ならば、それでいいではないか。

見果てぬ夢とは知りながら、しかし同時に、一冊の本がやがて国を動かし、新世界の扉を開くかもしれないこともまた信じている。

切りとり線

★読者のみなさまにお願い

この本をお読みになって、どんな感想をお持ちでしょうか。祥伝社のホームページから書評をお送りいただけたら、ありがたく存じます。今後の企画の参考にさせていただきます。また、次ページの原稿用紙を切り取り、左記まで郵送していただいても結構です。

お寄せいただいた書評は、ご了解のうえ新聞・雑誌などを通じて紹介させていただくこともあります。採用の場合は、特製図書カードを差しあげます。

なお、ご記入いただいたお名前、ご住所、ご連絡先等は、書評紹介の事前了解、謝礼のお届け以外の目的で利用することはありません。また、それらの情報を6カ月を越えて保管することもありません。

〒101-8701（お手紙は郵便番号だけで届きます）
祥伝社　新書編集部
電話03（3265）2310
祥伝社ブックレビュー　www.shodensha.co.jp/bookreview

★本書の購買動機（媒体名、あるいは○をつけてください）

＿＿＿＿新聞の広告を見て	＿＿＿＿誌の広告を見て	＿＿＿＿の書評を見て	＿＿＿＿の Web を見て	書店で見かけて	知人のすすめで

★100字書評……倒幕の南朝革命　明治天皇すり替え

名前

住所

年齢

職業

加治将一　かじ・まさかず

札幌市生まれ。アメリカでビジネスを手がけ、帰国後、執筆活動に入る。『あやつられた龍馬』(『龍馬の黒幕』に改題)に始まる「禁断の歴史シリーズ」(小社刊)では『舞い降りた天皇』『幕末 維新の暗号』『失われたミカドの秘紋』『陰謀の天皇金貨』『幕末 戦慄の絆』『西郷の貌』『軍師 千利休』と、次々と話題作を発表。本書は『ビジュアル版 幕末 維新の暗号』を大幅に加筆修正し、再編集した決定版。

倒幕《とうばく》の南朝革命《なんちょうかくめい》　明治天皇《めいじてんのう》すり替《か》え

ヴィジュアル増補版　幕末 維新の暗号

加治将一《かじまさかず》

2018年 4 月10日　初版第 1 刷発行
2022年 1 月20日　初版第 2 刷発行

発行者………………辻 浩明
発行所………………祥伝社しょうでんしゃ
〒101-8701　東京都千代田区神田神保町3-3
電話　03(3265)2081(販売部)
電話　03(3265)2310(編集部)
電話　03(3265)3622(業務部)
ホームページ　www.shodensha.co.jp

印刷所………………萩原印刷
製本所………………ナショナル製本

Printed in Japan　ISBN978-4-396-11534-0　C0221